룰루랄라 **생존운동** 필살기

나만 두려운 건
아니겠지?

가보지 않은 길은 누구나 두렵습니다.
하지만 가보지 않고서는 영원히 알 수 없어요.
그러니 너무 많은 생각은 넣어 두고
그저 풍덩 뛰어들어 봅시다.
그것이 무엇이든지 간에.

삶이 좀 더 유연했으면 좋겠습니다.
너무 서둘러도 안되고 너무 느려도 안됩니다.
힘을 너무 줘도 안되고 힘이 너무 없어도 곤란합니다.
타이밍과 박자가 맞아야 합니다.
포인트는 몸에 힘을 빼는 것입니다.
흐름에 몸을 맡기고 천천히 호흡을 고릅니다.
한결 수월하게 흘러가는 것을 알게 됩니다.

룰루랄라 **생존운동** 필살기

나만 두려운 건 아니겠지?

정주윤
그리고 쓰다

BM 성안북스

나는 때때로 열정의 아이콘으로 불린다. 좋지도 싫지도 않은 별명이지만 가끔은 내가 생각해도 몹시 이글거리는 마음이 부담되어 스스로 워워하고 진정시키곤 한다. 가끔 사람들은 어디서 그런 에너지가 나오느냐고 질문을 한다. 나는 천성이 쫄보이고 약골로 태어났기 때문에 에너지는 생기는 것이 아니라 만드는 것이라고 생각하며 살고 있다. 호기심이 왕성한 성격이 한몫을 하기도 하지만, 여러 가지 난관 앞에서 그럼에도 불구하고 도전하는 타입에 가깝기 때문에 그 누군가가 떠밀지 않아도 혼자 수도 없이 도전하며 나자빠지곤 한다. 매번 덜덜 떨면서 도전하는 것이 키포인트라 하겠다.

늘 성공만 하는 것은 아니기에 그에 따른 실패도 무수히 경험했다. 하지만 사람들에겐 성공한 것만 도드라져 보일 것이다. 새삼 구린 면이 들키지 않았으니 어쩌면 참 다행이라 생각한다.

무언가를 시도하고 실행해 가기 위해서 열정만으로는 되지 않는다. 그에 따른 체력이 필수인데, 대체적으로 내 몸은 마음을 따라가지 못해서 발을 동동 구르는 날이 많았다. 열정을 담은 마음으로 시작한 도전들은 체력이 급방전되면서 쉽게 포기하고 싶은 마음으로 채워지기 일쑤였다. 노는 것은 자신이 있는 나이지만, 잘 알다시피 노는 데도 체력은 절대적으로 필요하기에 나는 내 체력의 부실함에 약이 올랐다.

약골 체력은 사회생활을 하면서 정점을 찍었는데, 정해진 시일 내 업무를 완료해야만 하는 회사 생활로 인해 무수히 많은 야근이 쌓여가기 시작했다. 몸이 따라 주지 않자 스트레스가 쌓이고 짜증이 잦았으며 업무 능률도 떨어졌다. 일단은 쉽게 지치는 것이 가장 큰 문제였다. 몸이 지치면서 마음도 덩달아 약해지곤 했다.

디자인을 업으로 삼아 오면서 5년을 주기로 반복해서 생각했다.

'이제는 이 일을 그만 두고 다른 일을 알아 봐야겠지?'

그러던 것이 벌써 16년차가 되었다. 징글징글한 연차는 나에게 많은 경험과 자본주의 마인드를 업그레이드시켜 주었다. 거북목과 골반의 뒤틀림과 함께.

이쯤 되니 체력도 체력이지만 나는 그저 하루하루를 허덕이며 회사 생활에 멱살 잡혀 끌려가고 있었고, 몸과 더불어 마음도 지치고 일상은 일그러져만 갔다. 좌절하는 날이 많았고 어른이라는 타이틀이 버거웠고 행복하지 않았다. 어른이 되면 모든 것을 유연하게 받아치며 멋지게 살아갈 것이라고 생각했던 것은 허상에 가까웠다. 그러한 '어른'이라는 것은 과연 할머니가 되어서도 실현 가능할까? 어쨌든 나는 지금도 여전히 삶이란 것이 어렵고 그것을 다루는 데 서투른 '애른이' 정도에 불과하다.

세상과 관계의 문제에 지쳐서 숨고 싶기만 하던 나는 삶을 의연하게 마주할 처방전이 절실했다. 도망가지 않고 담담하게 이겨내고 싶었고 이왕이면 잘 해내고 싶었다. 소위 말하는 내가 돈이 없지 가오가 없진 않으니까 말이다.

수많은 시행착오 끝에 발견한 처방전 중 가장 강력하고 효과적인 것은 운동이었다. 그것은 어쩌면 생존 운동에 가깝다고 하겠다. 처방전이라고 하기에는 야매 느낌이 스물 올라오지만 나 스스로 임상 실험을 수도 없이 거쳤으니 속는 셈치고 믿어 보기로 하자. 묵묵히 일상을 살아내며 운동을 살짝 첨가했더니 오랜 시간이 지나지 않아 효과는 바로 나타났다. 급기야 조증에 가까울 정도로 텐션이 올라가기도 했고, 오히려 조금 자제할 필요까지 느껴질 정도로 몸과 마음이 많이 정화되고 즐거워지기 시작했다. 굉장한 효과다. 체력이 좋아지고 컨디션이 좋아지니 일상이 보다 순조롭게 돌아갔다.

또 내가 운동을 좋아하는 이유 중 하나는 운동은 참 정직하다는 것이다. 우리는 저마다 애를 쓰며 살아가고 있지만, 세상이 늘 그만큼을 보상해 주지 않는다. 어느 정도 감안을 하고 매번 정확한 보상을 기대하지는 않는다 할지라도 결국에는 실망하고 좌절하곤 한다. 내 인생에서 노력한 만큼의 대가를 꼬박꼬박 정직하게 마일리지로 쌓아 주는 경우가 어디 찾기 쉬운가.

살아온 날이 그랬고 앞으로도 살다 보면 이런 날 저런 날들이 나에게 엉겨붙을 것이다. 여러 날이 내 마음 같지 않을 것이며, 질척대지 말라며 소리쳐도 강풍이 나만 비껴가지는 않을 것이다. 나는 강풍에도 흔들리지 않는 마음과 몸의 근육을 가지고 싶다. 좀 더 수월하게 살아가기 위해서는 첫째, 몸과 마음이 단단히 준비되어 있어야 한다. 둘째, 내가 좋아하는 것을 스스로에게 선물하고 위로할 수 있어야 한다. 셋째, 그러기 위해서는 나를 잘 알아야 한다. 그렇게 함으로써 우리는 좀 더 유연하게 살아갈 수 있게 된다.

지치고 지쳐서 온몸이 연체 동물처럼 흐느적거리거나 마음이 도통 말을 듣지 않는 당신에게 나는 감히 추천하고 싶다. 일단 일어나서 몸을 움직여 땀을 흘려보라는 것이다. 막춤이라도 춰 보자. 마음이 한결 가벼워지는 것을 알 수 있다. 온전히 내 몸에 집중하며 나를 관찰하고 마음을 달래는 과정 속에서 서서히 나를 찾아가다 보면 비로소 알게 되는 것들이 있다. 꾸준한 체력 단련의 시간을 보내다 보면 당신은 몸뿐 아니라 마음의 근육이라는 큰 선물을 받게 될 것이다.

반짝이는 지금의 당신을 어둠으로 몰아넣는 우를 범하지 않기를 바란다. 모든 것은 지나가기 마련이고 오늘의 일상을 성실히 보내면 내일은 좀 더 나은 나를 만날 수 있다. 건강한 몸과 마음으로 좀 더 정성스러운 일상을 꾸리는 당신이 되길 바라며, 그 길이 쉽지 않더라도 나만의 인생을 찾아 굳세게 한 발씩 내디뎌 보자.

부디 살아온 날보다 더 유연한 삶을 사는 나와 당신이 되길 바라며.

정주윤

Contents

Episode
2

몸과 마음이
단단해지고

Contents

Episode 3

조금씩 나를
찾아가며

Episode
4

비로소 나만의 방향과
속도를 찾아

생존운동으로
체력 단련을 하며

—

머리보다 몸을 움직여야 하는 날이 있다

유난히 바쁜 아침입니다. 유독 회의도 많이 잡혀 있고 연이은 야근에 몸은 축축 늘어지고 좀비 마냥 눈은 반쯤 감은 채로 흐느적 거리며 사무실을 누비고 다닙니다. 오늘 따라 왜 이리 찾는 사람이 많은지 막상 내 업무를 처리할 시간이 부족해요. 갑작스럽게 소집된 회의에서는 어제까지 열심히 작업한 작업물에 대해 쓴 소리를 왕창 듣게 됩니다. 거기서 끝났으면 좋았을 것을…….

하필 평소에 친한 김대리와 비교를 하는 통에 기분이 몹시 좋지 않았지요. 자존감이 바닥을 치고 어디 구멍에라도 숨고 싶었어요. 아니, 김대리 이 녀석은 왜 또 눈치 없이 싱글거리지요? 동료가 욕을 듣거나 말거나 칭찬에 입꼬리가 쓰윽 올라간 녀석 꼴이 왜 이리 밉 살스러운지요.

누렇게 뜬 얼굴로 회의실을 빠져나옵니다. 다시 자리에 풀썩 앉아서는 허리도 곧추 펴지 못한 채로 흐느적대며 일을 합니다. 출근하면서 챙겨온 주전부리를 책상 한 컨에 펼쳐 놓고서는 초콜릿을 우걱우걱 씹어가며 당 충전을 해 보지만 기운도 나지 않고 기분도 썩 나아지지 않아요. 연신 아메리카노를 들이킵니다. 음미라기 보다 복용에 가깝다고 하겠습니다.

보통 이럴 때는 동료들이랑 잠깐 회사 옥상에 올라가서 콧구멍에 바람이라도 좀 넣어 줘야 숨통이 트여요. 하지만 말을 하다가는 상처가 덧날 것 같은 날이 있습니다.

"퇴근하고 술이나 한잔하자."

보통 날과 사뭇 다른 내가 걱정이 되었는지, 퇴근 시간이 다가오자 친한 동료가 지나가며 말을 건넵니다.

"고마워. 근데 다음에 하자. 나 오늘 수영장 갈거야."

동료는 선뜻 이해가지 않는 듯 하지만 그런 나를 긴말 없이 보내 줍니다.

일이나 사람 문제로 골이 지끈거릴 때가 있습니다. 굳은 살이 박힐 만한 데도 유난히 마음이 요동치며 머리 속에서 자동 필터링이 되지 않아요. 앉아서 마음을 달래고 정신을 가다듬어 봐도 잘 되지 않습니다.

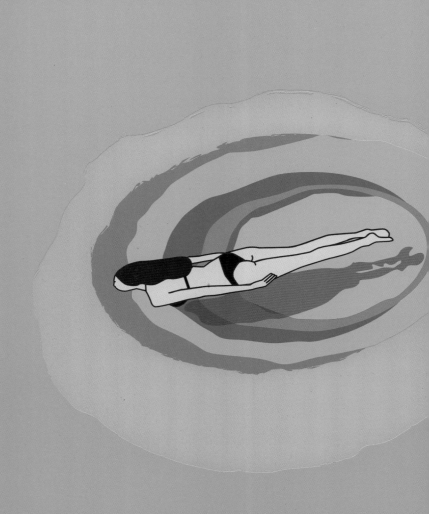

마음을 다잡고 싶을 때, 내 마음이 내 뜻대로 조절되지 않을 때 운동을 합니다. 입수를 하고 최대한 몸에 힘을 빼며 물에 몸을 맡겨 봅니다. 물 속에서 움직이는 내 동작들에 집중합니다. 그렇게 한 바퀴, 두 바퀴 수영을 하기 시작하면 어느새 별일 아닌 실수에도 조금씩 웃으며 힘을 내고 있는 내가 보입니다. 그리고는 맛있는 음식으로 나를 대접합니다. 큰 위로가 됩니다.

마이클 펠프스. 그가 유능한 수영 선수이고 어린 시절 과잉행동장애(ADHD)를 진단받았다는 것은 많은 사람들이 알고 있을 겁니다. 처음에는 약물 치료를 시작했고 이후에는 그의 넘치는 에너지를 조절하기 위해 수영을 시작합니다. 처음에는 소리를 지르고 수경을 집어 던질 정도로 수영을 싫어했다고 하죠. 결국은 얼굴이 물에 닿지 않는 배영부터 접하도록 도움을 받으며 천천히 수영을 배워 갔습니다. 시간이 흘러 펠프스는 약물을 중단합니다. 수영을 하면서 집중력을 기르는 법을 훈련했으며 몸에 집중하면서 정신을 집중하는 법을 배우게 됩니다. 나중에 그는 자서전에서 수영을 함으로써 자유를 찾았다고 이야기합니다.

머리, 마음, 몸은 함께 맞물려 작동합니다. 하나가 오작동하기 시작하면 다른 부분에도 영향을 미칩니다. 생각에 따라 마음이 변하고 마음이 움직이면 몸이 움직입니다. 반대로 몸에서 마음, 머리로도 이동하겠지요. 마음이 지치면 몸이 지치고 머리도 혼란스러워집니다.

힘이 드는 날은 몸까지 축 처지기에 그냥 바닥에 드러눕고만 싶습니다. 몸이 처지면 마음이 더욱 처지고 정신적으로도 몽롱해지기 시작합니다. 악순환의 시작이에요.

생각이 막히고 마음이 통 말을 듣지 않는다면 몸을 움직여 보는 것이 도움이 됩니다. 좋은 음식을 먹고 몸을 써서 운동을 해 봅니다. 무엇을 먹느냐에 따라 몸이 변화하고 동시에 마음과 머리도 반응합니다. 몸이 건강해지면 머리가 맑아지고 마음이 정돈됩니다. 긍정적인 순환은 다시 몸을 더욱 건강하게 만들어 줍니다.

건강한 신체에 건강한 정신이 깃듭니다.

퇴근후 운동 1시간

야근이 많고 바쁘게 돌아가는 IT 업종에서 디자인 일을 하고 있습니다. 하루 종일 모니터를 눈물 나게 쳐다보다가 쉴 틈 없이 업무를 해치우다 보면 어느덧 퇴근 시간입니다. 몸은 잘 익은 파김치처럼 흐물거리지요.

집에 얼른 가서 발 닦고 맥주 한 잔이나 했으면 싶어요. 하지만 나에겐 그 사이에 또 하나의 중요한 일상이 덧대어져 있습니다. 보통 퇴근 후 한 시간여 정도는 운동을 하는 시간입니다. 파김치는 운동을 하다 보면 어느새 쌩쌩하게 살아나 있어요. 눈도 빛나고 다시 출근해도 이상하지 않을 정도로 에너지가 넘쳐흘러요. 신나게 칼로리를 소비합니다. 정신은 맑고 마음은 가벼운데 운동으로 에너지가 탈탈 털리고 미지근한 물에 싸악 샤워를 하면 이젠 정말 흐느적거리는 연체 동물이 됩니다. 대중 교통을 이용해서 돌아가는 날은 버스 손잡이에 원숭이마냥 매달려서, 내가 서 있는 것인지 공기 사이에 껴있는 것인지를 분간하지 못할 정도로 방전 상태가 됩니다. 집으로 돌아와 간단한 소일거리를 하다 보면 바로 자야 할 시간이 됩니다. 이런 찰나에 생각이 스칩니다.

"일어나서 출근하고 일하고 운동하고 자고, 평일엔 나를 위한 시간은 정녕 없는 것인가? 삶이 너무 단조롭고 지루해."

모든 일과를 끝내고 침대에 누우면 온 몸의 에너지가 쏙 빠져 당장이라도 눈이 감길 듯 한데, 막상 누우면 책이라도 잠깐, 핸드폰 이라도 잠깐 뒤적이고 나서야 잠이 듭니다. 하루가 가는 것이 아쉬운 탓입니다.

'운동을 하지 않는다면 퇴근 후의 시간이 좀 더 여유로울까?' 하는 생각이 가끔 혹하고 들어와요. 한동안 야근이 줄기차게 이어지자 몸은 너무 고단했고, 퇴근을 하고 운동을 하는 것이 살짝 부담이 되기도 했습니다. '오늘은 집에 가서 쉬자.'라는 생각과 '운동을 하면 스트레스도 풀리고 몸도 개운해지잖아.' 하는 생각이 충돌합니다.

"그래. 2~3일만 쉬자."

예상대로 2~3일은 일주일이 되고 한 달이 되어 갑니다. 야근은 잦아들었고 운동을 하지 않고 집에 도착하니 귀가 시간이 조금은 당겨졌어요. 여유가 생겨서 며칠은 영화도 보고 오랜만에 친구들을 만나 수다도 떨며 지냈지만 얼마 가지 않았습니다.

그저 하는 일 없이 침대에 누워 늦게까지 핸드폰 속세상만 떠다니다가 잠들기 일쑤였죠.

부쩍 무거워진 몸을 끌고 일어나서 거울 앞에 서면 이전보다 붓고 푸석푸석한 얼굴과 마주했고요. '대체 누구신지?' 하며 바라보니 낯빛도 한층 거뭇한 것은 기분 탓일 거에요. 화장을 해도 화장발이 영 받지를 않아 변신도 잘 되지 않습니다.

시간을 잘 활용한다면 모를까 그저 침대에서 뒹굴거리는 시간이 한두 시간 늘어난 겁니다. 운동을 안 하니 활력이 더 떨어져서 이후에 여유 시간도 막상 활용을 못했고요. 어차피 똑같은 피로도를 느낄 거라면 파김치라 할지라도 좀 더 잘 먹고, 잘 자고 일상을 더 잘 보내도록 도와주는 운동을 꼭 다시 시작해야겠다고 다짐했죠. 운동을 하고 나면 몸도 개운해지고 덩달아 작은 스트레스도 날렸던 터인데, 멈추고 나니 마땅히 스트레스를 풀지 못해서 정신적으로도 피곤해졌습니다.

운동하고 난 뒤의 적당한 피로감이 그리웠어요. 잠을 푹 자고 나면 환해진 얼굴로 화장도 잘 먹어 왠지 내가 좀 괜찮아 보이는 날로 돌아가고 싶었어요. 무엇보다 활기찬 아침을 다시 맞고 싶었지요.

나아갈 방향을
염두하고

일단 오늘은 별 수 없이 내 등짝을 밀어 강제 출근을 시켜봅니다. 출근하자마자 각성제인 커피를 내려야 해요. 탕비실에서 멀뚱히 서서 커피가 추출되는 것을 최면술에 걸린 듯이 바라보고 있자니 후배가 들어옵니다.

"요즘 수영 안 가세요?"

영 활력 없이 보였던 것일까? 몰골이 어딘가 후줄근해 보이는 걸까? 어떻게 알고 말을 건넵니다.

"네? 아, 요즘 좀 쉬는 중이에요."

"요즘 힘들어 보이시던데 운동할 기운이 없으시죠?"

"맞아요. 무기력해요. 힘도 없고. 근데 내일부터 강습 다시 끊었어요."

"네? 힘들다면서요? 그냥 좀 쉬지 그러세요."

"운동을 쉰다고 해서 몸이 딱히 편해지는 것 같지는 않아요. 컨디션이 오히려 더 좋아지지 않는 느낌이 들어요. 수영장에 지각하지 않으려고 발버둥칠 게 아니라 좀 더 늦은 타임에 등록을 하면 될 것 같아요. 밤 9시 반으로 등록했어요."

"밤 9시요? 너무 늦잖아요? 듣기만 해도 피곤해요. 쉬는 게 나을 것 같은데……. 좀 더 쉬세요."

"피곤해서 운동을 할 힘도 없고 운동을 쉬면 좀 덜 피곤할까 했는데 결국은 집에 가서도 뒹굴기만 하고 운동마저 안 하니까 오히려 일상이 더 지루해지네요. 운동이 하나의 낙인데 그걸 잊었어요. 나는 운동을 해야 탄력이 붙어서 더 열심히 사는 것 같아요."

나도 모르게 탕비실에서 후배에게 고백 성사를 했습니다. 당연한 듯 운동하면서 운동의 소중함을 잊고 일상 밖으로 밀어 낸 거에요. 그리고 언제라도 야근 시즌이 올 텐데, 그때를 대비해서 체력도 길러둬야 했기에 운동은 나에게 빠지면 안 되는 필수적인 일상이었는데 말예요.

일주일의 반 이상은 센터를 갔고 너무 힘든 날은 하루 정도 쉬었으며 애매한 날은 집에서 혼자 스트레칭을 하며 몸을 풉니다. 집에서 단 10분이라도 움직여 주는 것은 시간과 여유의 문제가 아니라 습관과 생각의 문제가 아닐까요. 습관처럼 꾸준히 조금씩 하는 운동은 피곤한 일상에 활기를 가져다 줍니다. 좋아하는 일을 할 때는 그 일을 더 즐겁게 할 수 있도록 도와주고, 해야만 하는 일이나 귀찮은 일을 할 때에는 그 일을 끈기 있게 잘 해내도록 도와줍니다.

흐물거리던 체력은 가출한 며느리마저 집에 돌아오게 한다는 가을 전어마냥 다시 돌아옵니다.

"재미있는 일 뭐 없을까?"

일과 운동, 나의 일상을 구성하는 일들을 조금 더 즐겁게 해 보려고 한다면 그게 바로 재미가 됩니다.

운동이 힘든 이유 백 가지

———

각자의 상황은 조금씩 다르지만 우리는 대체적으로 삶에 치여 정신 없이 바쁘게 헐레벌떡 뛰어다닙니다. 몸과 마음이 지쳐 있습니다. 왜 그렇게 바쁜지 이유를 물어보면 이유 또한 다채로워서 좋아하는 음식을 대는 것처럼 쏙쏙 잘도 튀어나옵니다. 바짝 마른 화초처럼 시들거리는 친구에게 "운동을 해 보는 게 어때?"라고 슬며시 운을 띄워 봅니다. 운동을 할 기운은 더더욱 없다는 대답이 돌아오죠. 그 중 가장 많은 비중을 차지하는 이유는 시간이 부족하고 돈도 없다는 겁니다.

건장한 체격의 사람들은 건강 부심이 넘쳐나 막상 운동을 소홀히 하기도 하고요. 기본적인 체력을 장착한 터라 운동의 힘을 받지 않아도 비교적 건강하고 힘이 넘치니까요. 저처럼 '비실이'라 불리우는 사람은 조금씩이라도 운동을 해야 체력이 유지되고 조금 아프면 서둘러 병원을 가곤 합니다. 약쟁이라 불리우며 각종 약을 복용하고 약사처럼 약에 대해 꿰뚫고 있기도 합니다. 골골 백세라고 그만큼 건강한 몸의 중요성을 엄청나게 잘 알고 있어서일 겁니다. 목마른 놈이 우물 판다는 옛말이 하나도 틀리지 않아요.

운동을 좋아하고 규칙적으로 운동을 하는 사람들은 출근 전 시간을 쪼개어 쓰거나 점심시간을 활용하기도 하고 저녁에 약속을 줄이고서라도 꼭 해 내고 맙니다. 운동을 안 하면 큰일이라도 날 것처럼 작은 시간들을 용케도 잘 긁어 모읍니다. 그들을 볼 때 우리는 종종 자극을 받지만 이내 귀차니즘의 유혹을 받고 쉽게 무너지고 말아요.

일단 5분으로 시작합시다. 5분마저도 처음에는 귀찮고 길게 느껴질 수도 있습니다. 일단 일어나서 5분만 하세요. 처음 일어나는 것이 가장 힘들잖아요. 이제 성공한 겁니다. 몸이 적응이 되면 점차 10분, 30분, 조금씩 컨디션과 상황에 맞게 늘려갑니다. 그러다 운동 습관에 딱 적응되면, 운동을 하지 않은 날의 컨디션이 더욱 좋지 않다는 것을 느끼는 기이한 순간을 경험하게 될 겁니다.

해야 할 일이 산더미라면 더 많은 에너지를 필요로 합니다. 내안의 에너지는 이미 한계에 도달했고 방전 직전입니다. 에너지를 끌어와야 해요. 운동으로 체력을 다지고 에너지를 충전해야 합니다.

오늘부터 다시 태어나자
내.. 내일부터?

벌떡벌떡

운동으로 인해 생기는 활력은 이후의 일들을 의욕적으로 처리해 주고 좀 더 수월하도록 만들어 줍니다.

운동을 하고 난 뒤에 웬만해서는 감기에 잘 걸리지 않게 된다거나, 세상 비실거리던 내 몸이 에너지가 생기다 못해 넘치게 되어 보다 많은 일을 계획할 수 있게 되고, 매사 짜증나고 귀찮던 일들을 이글거리는 눈으로 보며 적극적으로 임하게 되는 일들이 생깁니다. 늘 기운 없이 강제 기상을 하던 나는 사라지고 어느새 아침도 여유롭게 준비하거나 도시락까지 준비하는 내가 되어 있으니 이 좋은 걸 어떻게 안 할 수가 있겠어요. 야근 이후 바로 잠을 청하는 것 보다는 잠을 줄이고 홈트라도 잠깐 해야 몸이 개운해집니다. 이렇듯 운동을 하지 않고는 못 배기는 순간이 옵니다.

몸이 차가운 편이지만 수영장 물의 차가움을 마다하지 않습니다. 입수 전에 따뜻한 물로 충분히 샤워를 하고 스트레칭을 열나게 해 주면 됩니다. 겨울 스키장의 칼바람이 무섭지 않냐고요? 그저 옷을 많이 껴입고 보온패드를 붙이고 마스크도 이중으로 장착하도록 합니다. 샤워를 몇 번씩 하는 것이 귀찮지 않냐고 합니다. 수영하면서 즐거운 부분을 상상합니다. 갑자기 수영장이 더욱 가고 싶어지면서 샤워에 대한 귀찮음은 자동으로 통과됩니다.

운동을 하는 것이 좋다는 것은 다들 알고 있습니다. 알지만 실천하지 않으면 아무 소용이 없습니다. 간단한 스트레칭을 하고 운동을 하는 데는 30분이면 족합니다. 생각해 보면 힘들어서, 시간이 없어서는 아닙니다. 하려고 마음 먹으면 할 수 있는 이유 백 가지가 생기는 것이고, 하지 않으려 하면 하지 못하는 이유 백 가지를 만들어 내는 것이 사람 마음입니다.

친구들과 회포를 풀고 술을 마시거나 맛있는 것을 많이 먹고 늘어지게 자는 것이 피로를 푸는 방법으로는 최고라고 말할 수도 있습니다. 그래야 나는 에너지가 충전된다고 할 수도 있어요. 다만 나를 건강하게 만들어 주고 몸과 마음을 동시에 단단하게 만들어 주는 방법은 단연 운동입니다. 정말 나에게 저력이 될 에너지가 술과 맛있는 음식에서 나올지에 대해서는 다시 한 번 생각해 볼 필요가 있습니다.

운동이 지겹거나 지루할 때 스스로에게 물어보세요. 지금 중요한 것이 과연 무엇인가? 답은 내가 알고 있습니다.

설원의 오뚝이

서른 살이 넘어서 스노보드를 처음 탔습니다. 회사 워크샵이었어요. 일단 탈 줄은 몰랐으니 쉽게 접근을 못했고, 비용도 만만찮았습니다. 장비를 대여한다고 해도 대여비와 리프트권 사용료를 합하면 꽤나 비용이 들었어요. 주변에서는 보드를 배우기에 늦은 나이이고 위험하다며 만류를 했는데, 늦었다고 생각하지도 않았습니다. 그렇게 따지면 모든 운동이 위험투성이니까요.

그러던 와중에 워크샵을 스키장으로 떠난다는 얘기를 듣고서 절호의 기회라고 생각했어요. 스키나 보드에 능숙한 동료들이 무료 강습도 해 주고 회사에서 모든 비용을 부담해 준다고 했어요. 이게 웬 떡이냐 하며 워크샵을 기다리며 설레였죠.

기대와 달리 첫 날은 초급자 코스에서 제대로 서 있지도 못한 채 하루를 보냈습니다. 쌓인 눈 위에서 미끄러지지 않고 서 있는 것이 그렇게 힘들다는 것을 처음 알았어요. 게다가 하강 공포증이 있어서 등산을 가더라도 경사가 있으면 일단 앉아서 기어 내려오는 나였기에, 초급 경사도 낭떠러지처럼 느껴져서 겁이 나 죽겠더라구요. 게다가 속절없이 눈길을 질질 미끄러져만 가는 내 하체를 보며 부실한 허벅지를 원망했습니다. 상상했던 모습이 아니었어요. 그리고 왜 이리 온몸이 아프던지요. 숙소에 돌아오고 긴장이 풀리니까 안 쑤시는 곳이 없었어요.

그럼에도 불구하고 새로운 도전은 즐거웠고 다시 오겠노라고 다짐했습니다. 기껏 스키장에 와서 숙소에서 하릴없이 쉬는 것보다 백배는 낫다고 생각했지요.

그렇게 발동이 걸려서 이듬 해부터는 회사 동료들과 삼삼오오 짝을 지어 보드를 타러 갔습니다. 넘어질 작정으로 보호대란 보호대는 모두 착용했습니다. 이미 간파한 동료들은 다치지 않고 잘 넘어지는 요령부터 가르쳐 주었습니다. 잘 넘어지는 것은 정말 중요합니다. 넘어질 때 손목을 짚으면 나의 밥줄인 손목이 아작이 날 것이 분명하니 엉덩이나 몸통으로 넘어져야 합니다. 그리고 능숙하지 않아서 미끄러지는 내 몸을 제어할 수 없다면, 일단 엉덩방아를 찧더라도 그 자리에서 넘어지는 것이 낫습니다. 괜히 멈추지 못하고 가속력만 붙어서 타인에게도 피해를 줄 수 있기 때문이죠.

마음의 준비는 단단히 했지만 '악' 소리를 지르며 수십 번은 넘어진 것 같아요. 그대로 데굴거리며 굴렀다면 형체도 알 수 없는 눈사람이 될 지경으로 굴렀습니다. 자빠지고 일어나기를 반복하고 나서야 겨우 두 팔을 벌리고 눈길을 스륵 내려옵니다. 로프 오른쪽 끝에서 왼쪽 끝으로 사선으로 팔을 벌리고 내려가는 일명 낙엽 연습을 하는 거죠.

그저 넘어지느라 바쁜 내 몸은 매번 근육통으로 욱신댔지만 포기하지 않았어요. 넘어지더라도 즐거웠고 저기 정상 위에 올라서서 멋지게 눈을 가르며 내려오면서 아름다운 풍경을 눈에 담는 상상을 했습니다.

"멋들어지게 자연스러운 턴을 하면서 눈 덮인 풍경을 보며 보드를 타고 내려오는 기분은 어떨까? 아주 끝내 주겠지?"

현실은 지금 막 낙엽을 마스터한 사람으로써 턴을 연습하는 상황이 되었습니다. 양말을 무릎까지 끌어올려 신고서 그 위에 보호대를 했어요. 하강 공포증의 매력은 여기에서 엄청나게 발산됩니다. 겁이 나니까 하강하는 동안 자꾸 몸이 뒤로 젖혀졌어요. 아이러니하게도 몸을 뒤로 젖히면 가속도가 붙어버리니 더 기겁을 하고는 넘어졌어요. 당연히 진도가 잘 나가지 않았고, 어렵사리 턴을 성공하면 그 자리에서 바로 넘어지면서 무릎을 바닥에 계속 찧었습니다. 그러니 아무리 양말과 보호대로 감쌌더라도 무릎은 남아날 리가 없겠지요.

아니나 다를까 숙소에 돌아와서 옷을 갈아입으며 확인하니 무릎이 시커멓게 피멍이 들어 있었어요. 동료들은 무릎이 아작 나는 거 아니냐고 걱정했습니다. 겁이 나면 재미가 없어야 하는데, 또 재미는 있으니 이게 무슨 운명의 장난인지요. 아픈 줄도 모르고 포기도 몰랐기에 무모한 도전은 계속 되었지요.

아침 잠이 많은 데도 보드를 타려고 주말 새벽마다 일어났어요. 추위도 많이 타서 겨울에는 "이불 밖은 위험해"라고 외치면서 그 추운 설원에 주말마다 가서 살았습니다. 온몸이 아파 죽겠다고 하면서도 다음 날 잠깐이라도 얼른 타고 싶어서 새벽에 눈이 번쩍 떠졌어요.

두려움 때문에 다른 운동에 비해 정말 늘지 않았어요. S턴은 죽어라 해도 되지 않아서 정말 환장할 노릇이었습니다. 동료들도 아주 징하게 못한다고들 놀렸어요.

"안 아파?"

시퍼렇고 시뻘겋고 시커매진 내 무릎……. 오색찬란한 영광의 상처를 보여주었습니다.

"이것 봐. 당연히 아프지."

"근데 넌 넘어지자마자 벌떡 일어서더라고. 그래서 안 아픈 줄 알았어. 어찌나 잘도 일어나는지. 오뚝이같아. 헤헤헤헤"

그렇게 넘어졌는데 안 아프면 사람이 아니지요. 그저 눈을 빨리 털고 일어나서 다시 해봐야지 하는 생각에 벌떡 일어났어요. 눈 밭

에 앉아서 좌절해 봤자 힘만 더 빠지는 일 아니겠습니까?

지금은요? S턴을 매끄럽게 돕니다. 간만에 가면 껄끄럽게도 돕니다만 평타는 양호한 편이지요. 곤돌라를 타고 올라가서 정상에서 커피 한 잔을 마시고 그날의 보딩을 시작합니다. 그 시간은 늘 행복해요. 정상에서의 아름다운 풍경을 보고서 내려오는 길은 멋드러지냐고요? 천성적인 겁은 어디 가지 않는지 아직도 급경사에서는 진땀을 흘리며 속도를 많이 내지도 않고 천천히 내려온답니다.

사람들이 그러면 재미없다고, 더 높은 곳에서 빠르게 잘 탈 수 있을 만큼 실력이 향상되었다고 속도를 내보라고 합니다. 하지만 내가 보고자 했던 정상에서의 풍경을 눈에 담고, 스릴은 덜하더라도 적당한 높이에서 나에게 맞는 속도로 내려오는 것이 좋습니다. 딱 내가 즐겁고 행복한 정도로 말입니다. 무릎은 성하냐고요? 물론입니다. 보호대에게 영광을 돌립니다. 이제는 잘 넘어지지도 않고 무릎으로 넘어질 일은 더더욱 없지만 그래도 보호대는 항상 착용합니다. 만약에 다치기라도 하면 나만 고생이고 역시 안전이 제일이니까요.

한 번에 되는 일은 없습니다. 무엇인가 잘 하려면 일단 관심을 가져야 하고 유심히 들여다 봐야 해요. 그리고 몸이 적응할 때까지 시간을 투자해야 합니다. 그리고 모든 일은 꾸준히 하지 않으면 도태됩니다. 수영, 자전거, 스노보드, 달리기 등 모든 운동들을 내 곁에

두고 틈틈이 해야 잘할 수 있습니다.

배우는 동안 포기하지 않고 잘 버텼으면 합니다. 물을 가르며 나에게 집중하고, 자전거 안장에 앉아 두근거리는 내 마음을 느끼며, 설원의 정상에서 주변으로 늘어선 눈이 쌓여 더 예쁜 나무들을 보면서 커피 한 잔 하고 나서 눈길을 가르며 내려가는 기분을 느껴볼 수 있기를 바랍니다. 그 경험은 잘 만든 영화를 보는 것보다 더 감동스럽습니다.

새 다리의 필살기

'탕' 소리가 들리자마자 전력 질주로 달립니다. 순발력은 좋았는지 일등으로 박차고 나갑니다. 어쩐 일인지 점점 뒷걸음질 치는 것처럼 다른 친구들은 하나 둘씩 나를 앞서갑니다. 친구들이 점점 나를 앞질러 가는 그 찰나는 이상하게도 슬로우 모션처럼 느껴졌고 자동으로 슬픈 비지엠이 깔립니다. 젖 먹던 힘까지 끌어 모아 용을 써보지만 꼴찌를 면하지 못합니다. 달리기를 할 때마다 매번 꼴찌라니 그 어려운 일을 나는 해냅니다. 빠르게 달려가고자 하는 마음과 달리 천천히 움직이는 내 다리를 스스로도 느낄 정도이니 얼마나 느렸을까요?

쓸데없이 큰 키는 달리기를 못하는 나를 유독 더 눈에 띄게 해 주었습니다. 학년이 바뀔 때마다 선생님들은 뒷줄에 선 나를 향해 달리기를 잘하냐고 물어보곤 했습니다. 제발 좀 잘 달리고 싶었어요. 하느님, 부처님, 천지신명님 제발!

수업을 열심히 듣다 보면 창 밖에서 시끄러운 소리가 들리는 경우가 있어요. 학교에서 육상부로 선발된 선수들이 운동장에서 열심히 연습하는 모습이 보였습니다. 유독 달리기를 못하던 나는 눈을 돌려 그들을 유심히 지켜보곤 했지요.

"와~ 어쩜 저렇게 빠르게 잘 달릴까?"

부러움이 가득했습니다. 나도 저 아이들처럼 잘 달리고 싶다는 마음이 가득했어요. 나는 줄곧 일등으로 달리는 아이를 뚫어져라 바라봤습니다. 한참을 바라보고 있다가 무릎을 탁 쳤지요.

"오옷! 저거야!"

3학년이 되어서 운동회 날이 오기만을 기다렸어요. 드디어 운동회 날이 되었고 나는 그동안의 관찰로 인해 발견한 필살기를 쓰기로 했어요. 내가 이번엔 꼴찌를 면할 수 있을 거야. 자신만만했어요. 난 그 날 내 생각대로 결국 1등 도장을 손목에 찍었습니다. 가슴이 벅차올랐어요. 하지만 웬일인지 운동장을 가득 메운 사람들은 그런 나를 보고 신나게 웃습니다.

수업 시간에 창 밖으로 늘 유심히 보았던 일등으로 달리던 동급생 여자 아이는 아주 짧은 머리 스타일을 하고 있었어요. 열심히 달릴 때면 커트한 머리칼이 좌우로 찰랑이며 흔들렸어요. 머릿결이 좋아서 마치 빛에 반사되는 것 같았고 그게 그렇게 멋있어 보였습니다. 잘 달리고 싶다는 생각을 할 때면 그 친구의 찰랑이는 머리카락이 항상 떠올랐습니다.

그 친구는 결승선이 다가오면 마지막 스퍼트를 올리기 위해 인상을 팍 쓰고는 고개를 몹시 흔들며 뛰었어요. 덩달아 친구의 짧은 머리카락이 좌우로 심하게 흔들렸지요. 나는 순진하게도 그것이 바로 비장의 무기라고 생각했던 겁니다. 고개를 좌우로 연신 흔들어대는 그것을 말이에요. 맙소사!

나는 운동회 날을 손꼽아 기다렸어요. 마침내 달리기 시합이 시작되었고 필살기를 뽐낼 생각에 두근거렸습니다. '탕' 소리가 울리자마자 기다렸다는 듯이 고개를 미친 듯이 좌우로 흔들었어요. 고개를 흔드는 통에 굉장히 어지러웠고, 어지럽지만 꼴찌를 면하고자 하는 집념으로 눈을 질끈 감고는 무작정 뛰었습니다. 귓가에 누구인지 모를 웃음 소리가 들리는 듯 했지만 나는 아랑곳하지 않고 달렸어요. 눈을 감은 채로 비틀거리면서요. 균형감을 잃고 사선으로 뛴 것 같기도 합니다. 중간에 살짝 실눈을 떠보았는데 '아직 중간도 오지 못했구나' 하는 생각이 들었지만 내 앞에는 아무도 보이지 않았기 때문에 안심했어요. '역시 비장의 무기가 맞았어, 내가 일등이야' 하면서 다시 눈을 감은 채로 고개를 열심히 흔들었지요. 그리고는 1등만이 끊을 수 있는 결승 테이프를 끊고 들어갔습니다. 어이쿠야.

　너무나도 늦게 들어오는 탓에 같이 출발한 친구들이 이미 결승 선을 지나간 통에 보이지 않은 것이었고, '대체 저 고개를 무지막지 하게 흔드는 아이는 언제 들어오는 거지?' 하면서 선생님들이 다음 주자들을 위해 결승 테이프를 준비한 것이었어요.

　결승선에 계신 선생님은 위풍당당한 나에게 일등 도장을 팔목 에 찍어 주시면서 흐느끼듯 웃으시고 등을 토닥여 주셨어요. 잘했다 는 것인 줄 알고는 고개를 들어 자존감을 뽐어대며 엄마를 찾았습니 다. 엄마는 고개를 푹 숙이고는 내 쪽을 바라보지 못하셨지요.

　기억을 더듬어 보니 나는 유독 체력이 부실했어요. 특히나 다 리는 너무 가늘어서 툭하면 넘어지고 무릎은 늘 상처 투성이었지요. 대학교에 입학하고 친구들이랑 하이힐을 처음 사서 의기 양양하게 신고 나간 날에도 발목이 자꾸 꺾였습니다. 힐을 신어서 그런 줄 알 았는데, 지금 생각하니 하체에 힘이 없고 다리가 약했던 겁니다. '키 는 큰데 왜 달리기를 못했지?'라는 의문도 그제서야 풀리게 됩니다.

　고개를 흔들어 댈 것이 아니라 약한 다리를 단련하며 달리기 연 습을 했다면 좋았을 텐데요. 대단한 비장의 무기로 인해 나도 잘 달 릴 수 있을 거라고 생각했지만 그것은 오산이었지요. 그런 비장의 무 기는 체력 단련과 그에 준하는 연습이라는 것을 알 턱이 없었습니다.

　이렇다 보니 중고등학교 때는 체육시간이 더 재미가 없어졌어요. 못하니까 점점 더 흥미가 떨어지는 겁니다. 체육 시간이 되면 '비가 오면 좋겠는데……'라고 생각했어요. 어떡하면 쉬고 빠질 수 있는지 궁리를 하면서요.

지금은 날이 좋으면 더 좋고 비가 와도 할 수 있는 운동을 스스로 찾아서 합니다. 처음 시작은 비루하기 짝이 없었지만 시간을 들이니 점차 체력은 좋아졌고 몸은 좀 더 단단해졌어요. 아직도 기대에는 미치지 못하지만 근육이 꽤 붙었고요.

우리는 일단 다 같이 출발선에 서게 됩니다. 타고나기를 육상선수로 태어나기도 하고, 새 다리를 장착하고 태어나기도 합니다. 또 달리는 동안 바람이 선선하게 불고 햇빛도 적당해서 기분 좋게 달릴 수 있는 날이 있고, 비바람이 몰아쳐서 힘들게 달려나가야 하는 날도 있어요.

하지만 인생이라는 긴 달리기를 하다 보면 좋은 날, 궂은 날이 번갈아 옵니다. 타고난 사람도 넘어지기도 하고 약한 사람이 어느새 단단해져 있기도 합니다. 그러니 환경이 좋지 못하다고, 넘어졌다고 좌절하지 않았으면 합니다. 장점을 찾고 단점을 보완하면 됩니다.

우리는 꾸준한 연습과 체력 단련이라는 나만의 비장의 카드를 만들어 가야 해요. 남이 하는 것을 보고 무작정 고개를 흔들어 댄다고 해서 절로 단단해지는 필살기는 없으니까요.

시간을 투자하고 노력을 하면 개선이 됩니다. 1등은 못할 수 있어요. 하지만 최소한 오늘보다는 더 나은 내일을 마주할 수 있습니다.

강풍에 맞서는 방법

—

봄이 지나가는 길목에 서면 매번 이상하게도 마음이 들뜨곤 합니다. 겨울 동안 무겁고 어두운 옷들을 잔뜩 입다가 가볍고 밝은 색깔의 옷들을 꺼내 입은 탓인지, 지나쳐 가는 길에 보이는 알록달록한 꽃들만 봐도 왠지 모르게 마음이 간질거립니다. 올해도 꽃구경한 번 하지 못하고 봄이 지나가는 것은 아닐까 괜히 안절부절 하기도 합니다. 이대로 어디 놀러라도 확 가버릴까 하는 마음이 일지만, 현실은 출근길 지하철 안입니다.

주말을 간절히 기다려 봅니다. 늦잠을 늘어지게 자고 일어나니 창밖으로 햇빛이 찬란하게 반짝입니다. 이리저리 흔들리며 싱숭생숭한 봄바람 같은 마음을 진정시키고자 자전거를 끌고 봄의 한강을 만나러 갑니다. 봄이 오자 바로 여름이 오려는지 햇빛이 눈이 부셔서 얼른 고글을 챙깁니다.

"햇빛 한번 좋구나. 덥지는 않으려나? 지금 나가면 햇살에 맛깔스럽게 구운 군고구마처럼 벌겋게 살이 타들어 가겠구나."

하얀 밀가루 반죽하듯이 손에 선크림을 잔뜩 짜내어 얼굴이며 팔이며 다리 구석구석 정성껏 발라줍니다. 한 주간 내내 주말만 기다리며 지난 겨울 동안 자전거에 쌓인 먼지를 말끔히 닦아주고 기름칠도 미리 해두었기에, 바람 빠진 타이어에 펌프질을 해서 공기만 훅훅 채워주면 됩니다. 펌프기를 잡고서는 위아래로 연신 바람을 넣어줍니다. 금세 타이어는 빵빵하게 부풀어 올랐고, 물통에 물도 가득 채우고는 드디어 집을 나섭니다.

'짠' 하고 나를 반기며 살짝 머리칼 한 가닥 정도를 넘겨줄 것 같았던 미풍은 어디로 가고, 뺨을 때리는 매서운 바람과 마주합니다.

"엇, 추워라." 반짝이는 햇빛에 속은 겁니다. 굳이 따지자면 바람이 쎄서 자전거를 타기에 좋지 못한 날씨였어요. 아랑곳하지 않고 일단 어깨를 한 번 쫙 펴고 안장에 올라탑니다. 균형을 잡고 페달을 돌리기 시작하면 매번 신기하게 마음 어딘가가 간질거려서 웃음이 나고요. 룰루랄라 음악을 살짝 틀어 두고는 노래를 흥얼거리며 골목길을 지나고 큰 도로 두어 개를 지나서 한강에 다다릅니다.

나오길 잘했다고 생각하며 한강에 도착하자마자 살짝 갈등이 생겼어요. 햇빛은 여전히 따가운데 바람이 더 세차게 불어서 가는 길이 쉽진 않겠다는 확신이 들었거든요. 왼쪽으로 가면 역풍, 오른쪽으로 가면 순풍입니다. 돌아오는 길은 반대가 될 겁니다. 왼쪽으로 방향을 틀었어요. 몸을 한 껏 움츠리고 허리를 숙이고 출발합니다. 바람 탓인지 겨울 내내 굳은 몸 탓인지 페달을 밟는 속도는 더딥니다.

봄의 기분은 어느새 사라지고 바람을 온 몸으로 밀어내고 끙끙거리며 내달립니다. 약간의 내리막 길이라도 보이면 그렇게 반가워서 페달링을 멈추고 몸을 낮게 숙인 뒤 신나게 내려갑니다. 괜히 웃음이 나와요. 한 번씩 그렇게 웃음 구간을 거치면 또 힘을 내서 나아갑니다. 앞서서 달리는 사람이 보이면 부리나케 쫓아가서는 뒤꽁무니에 섭니다. 이름 모를 그 앞에서 내달리는 사람이 바람막이 역할을 해 주거든요. 내 뒤에도 누군가가 붙습니다. 생면부지인 사람들과 말없이 도움을 주고 도움을 받으며 가요. 바람과의 사투를 벌이며 페달을 밟아가며 용을 쓰는 내 몸에 집중을 하다 보면 10킬로미터쯤은 금방 내달리게 됩니다.

힘들면 좋아하는 핫도그가 있는 편의점을 목표로 삼고 달립니다. 핫도그를 하나 사서는 우물거리며 먹어요. 강바람에 따귀를 맞으며 한강을 멍하니 봅니다. 그것으로 충분한 느낌이 들어서 사는 게 별 거 없는 듯 느껴집니다.

"이제 가자."

가는 길이 역풍이면 돌아오는 길은 순풍입니다. 집에 돌아가는 내내 바람은 보송한 손으로 등을 슬쩍 밀어줍니다. 힘을 빼고 그저 바람이 밀어주는 대로 페달을 가볍게 밟아주다 보면 머리 속을 가득 채운 근심 걱정에서 벗어나 행복감에 휩싸입니다. 역풍을 맞으며 용을 쓰며 갔던 길에서 놓친 초록 잎들도 눈에 담고, 맑은 바람을 피부로 느끼며, 콧구멍으로 간지럽게 들어오는 봄 냄새에 취해 돌아옵니다. 큰 힘을 들이지 않아도 금방 돌아옵니다.

바람이 적당하게 불고 덥지도 않고 춥지도 않은 봄날을 좋아합니다. 하지만 겨울이 지나야 봄이 오고 봄은 순식간에 사라지고 여름이 옵니다. 하지만 다시 봄은 돌아와요.

내가 자전거를 타는 날에 기다렸다는 듯이 늘 순풍이 불어주진 않겠지요. 늘 강풍만 몰아치지도 않습니다. 강풍이 몰아치는 날에는 그저 몸을 움츠리고 천천히 페달을 밟으면 됩니다. 바람막이가 있으면 냉큼 찾아 바람을 피하기도 하고, 느리고 힘들더라도 한발씩 나아가면 됩니다. 그러다 보면 어느새 순풍에 밀려 편안하게 돌아가는 날이 옵니다.

1분 플랭크로 복근 만들기

"5초가 왜 이리 길지?"

플랭크를 시작했습니다. 처음 목표는 30초예요. 1분만 해도 온몸이 후들후들 떨린다는 후기를 보고는 엄살이 심하다고 생각했어요.

"30초는 눈깜짝할 사이에 지나갈 텐데!"

바로 반성의 시간이 찾아옵니다. 30초는 커녕 5초가 왜 이리 길게 느껴지는지, 후들후들이 아니라 후달달달거리기 시작하는 팔과 다리를 느낍니다. 내 몸뚱이의 비루함을 새삼 깨닫게 됩니다.

이후에 홈트를 할 때 빠지지 않고 하는 것이 플랭크입니다. 플랭크를 꾸준히 하고 나서부터 구부정하게 등을 구부리고 앉던 자세가 교정이 되기 시작했거든요. 뱃심이 좀 생기면서 곧게 앉을 수 있게 되었어요.

늘 앉아서 생활하는 일을 직업으로 삼고 있고, 좋지 않은 자세로 오랫동안 일을 하다 보니 목, 어깨, 허리의 삼단 콤보 통증을 달고 삽니다. 앉은 자세나 모니터를 두는 위치에 따라 통증은 이리저리 옮겨 다녔습니다. 하루 종일 컴퓨터를 마주하고 앉아 있다 보면 자동으로 등이 폴더처럼 접히지요. 오래 앉아 있으면 혈액 순환도 원활하지 않아서 점점 등은 둥그렇게 말리고 목을 점점 모니터로 뽑아대니 거북목을 유발하지요. 유난히 기운이 없는 날은 나도 모르는 사이 더욱 더 등을 말고 있어 고양이가 따로 없습니다. 이런 자세들이 장시간 지속되면 우리는 각종 외계인의 몸매로 변신합니다. 등은 굽고 목은 거북이처럼 불쑥 앞으로 나오게 되고 골반은 짝짝이가 되어서 여기 저기 원인 모를 통증들이 생겨납니다.

몸 중심에 힘을 기르면 바른 자세로 앉을 수 있습니다. 장시간 앉아 있어도 좀 더 버틸 수 있어요. 뱃심으로 일한다고들 말하잖아요. 많이 먹으라는 것이 아니라 잘 골라 먹고 뱃심, 즉 코어 근육을 기르라는 말입니다. 코어라는 말은 중심부라는 말로 코어 근육은 몸의 중심부를 구성하는 근육입니다. 코어가 잘 단련되어 있어야 허리에 힘이 들어가고 몸의 중심이 잘 잡히게 되어 올바른 자세가 나옵니다. 자세뿐 아니라 운동을 할 때에도 중심잡이 역할을 하는 코어는 정말 중요합니다.

플랭크는 코어 단련에 정말 좋은 운동이에요. 저는 홈트할 때

플랭크를 꼭 기본으로 챙겨서 하고 있을 정도로 좋아해요. 매일 꾸준히 하다 보면 1분은 버틸 수 있게 됩니다. 다른 운동이 힘들다면 하루에 플랭크를 딱 5분만 해 보라고 추천하고 싶어요. 코어 단련에도 좋지만 전신 운동이 되기도 하며 하루 종일 앉아있느라 뻐근한 척추를 곧게 풀어 주는 역할을 하는 것이 플랭크랍니다.

이 참에 기본 플랭크를 하는 방법을 알아볼까요? 양 팔꿈치를 바닥에 대고 손을 앞으로 두어 균형을 잡아주세요. 양 다리, 발끝을 세우고 전신에 힘을 주고 몸통은 수평의 모습을 띄도록 전신에 팽팽한 긴장감을 줍니다. 이렇게 30초만 유지하게 되더라도 온몸에 혈액이 돌아가는 것이 느껴집니다. 몸이 더워지기 시작해요.

단시간에 전신 운동이 되면서 효과는 강력합니다. 흐르는 시간에 집중하면서 몸에 힘을 가하게 되면 내 몸의 어떤 부분들에 힘이 들어가는지 순간 집중을 하게 되는데요, 30초가 넘어가면서 힘들어서 호흡이 거칠어지고, 들이마시고 내쉬는 소리가 커지면서 오로지 내 몸에만 집중을 하게 된답니다.

멘탈이 쿠키처럼 바스락거려서 운동의 고단함을 쉽게 버티지 못하는 사람들에게도 플랭크는 도전하기 쉬운 운동이에요. 단 10초 만으로 시작할 수도 있으니까요. 나의 몸 상태에 따라 목표를 정하고 조금씩 하면서 10초씩 늘려가면 됩니다. 10초씩 버텨내는 시간이 늘어가면 내 몸에 근력과 함께 인내하는 정신력을 선물합니다.

플랭크를 시작할 때에는 플랭크 기본 자세를 제대로 익히는 것에만 집중하세요. 목, 허리, 엉덩이, 다리, 팔, 어느 것 하나 빠뜨리지 않고 자세를 먼저 잘 잡는 것이 중요합니다. 엉덩이를 너무 들어서도 안 되고 허리를 너무 처지게 만들어서도 안 되고 다리도 힘을 주고 쫙 펴준 채로 잘 버텨야 합니다. 힘들면 시간을 줄이고, 자세가 무너진 채로 버티지 않습니다. 기본 자세를 잘 익히는 것이 운동의 기본이니까요. 조금씩 5초만이라도 늘려가면서 한달 동안 시행하는 것을 추천합니다.

5초씩 버틴 만큼 내 몸이 좋아진 것을 금방 확인할 수 있어요. 시간이 짧은 만큼 몸에 큰 무리가 가지 않는다는 것도 장점입니다. 배에 근육을 만들고 싶을 때도 윗몸 일으키기 대신에 배에 힘을 단단히 주고 플랭크를 하세요.

기본 플랭크가 익숙해지면 응용 플랭크에 도전합니다.

첫 번째, 사이드 플랭크입니다. 옆으로 누운 다음 오른팔의 팔꿈치를 바닥에 대고 엉덩이를 들어올립니다. 옆구리와 골반이 하늘 방향으로 잡아당기듯이 들어올리고 몸통에 힘을 주고 버티는 팔에는 무리가 덜 가도록 합니다. 왼쪽 팔은 하늘을 향하도록 들어올립니다. 팔을 들어올리는 자세가 힘들다면 옆구리에 가볍게 올려둡니다. 사이드 플랭크는 측면 근육을 단련시킵니다. 탑을 입고 거울을

흔들림 없노(?)
편안함

보면서 스스로의 모습을 관찰해 보면 옆구리 정면 복근까지 굉장히 수축하는 것을 알 수 있습니다. 옆구리 살과 안녕하고 잘록한 허리는 덤으로 얻게 됩니다. 발과 발목도 단단하게 만들어 줍니다.

두 번째로 해 볼 응용 동작은 플랭크 트위스트입니다. 기본 플랭크 자세를 취한 후 엉덩이를 좌우로 비틀어 줍니다. 어깨와 팔을 고정하고 복부에 힘을 준 채로 엉덩이를 한쪽으로 비틀어서 반대편 바닥 쪽으로 떨어뜨린 후 다른 방향으로도 똑같은 방법으로 반복합니다. 저는 허리가 약한 편인데 트위스트 플랭크를 하면 허리가 집중 스트레칭이 되면서 풀어지는 것을 느끼고 유연성을 강화해서 평상시 통증이 감소되는 것을 느꼈습니다. 역시나 허리 군살 제거에도 도움이 되고요.

각종 맨몸 운동이 가능해지면 아령, 짐볼 등 기구를 이용한 각종 방법을 많은 곳에서 소개하고 있으니 참고하면서 따라해 보세요. 시간과 여유가 없다면 굳이 운동 센터를 가지 않더라도 집에서 플랭크만 하셔도 체지방을 불태울 수 있습니다.

자, 오늘은 플랭크 도전!

몸이 말랑하도록 스트레칭

"자전거 타기 딱 좋은 날씨네!"

간단히 차려먹은 아침과 더불어 전날의 야식이 축적해 준 에너
지는 자전거를 타자마자 폭발하고요.

쌓인 에너지와 휴일의 여유는 자전거와 삼위일체가 되어 나를
달리게 합니다. 콧노래를 부르며 달리기를 잠시, 5월인 데도 금방 땀
이 차 올랐어요. 땀을 식히기 위해 시원한 바람을 맞아보려고 더 신
나게 달렸더니 얼굴은 금세 불탄 고구마처럼 변했지요.

간만에 긴 시간 라이딩을 끝내고 나니 몸은 고단했지만 땀과 함
께 그간 쌓인 스트레스가 다 날아가버린 듯 상쾌했습니다.

가벼운 마음으로 집에 들어와 따뜻한 물샤워를 하고는 나른한
몸으로 의자에 기대어 저녁도 거나하게 차려먹고 맥주도 한 잔 했지

요. 운동 후에 먹는 모든 음식은 그렇게 꿀맛일 수가 없어요.

배도 빵빵하게 찼겠다 머리를 베개에 붙이자마자 눈을 뜨니 아침입니다. 바로 골아 떨어졌나 봅니다. 몸이 너무 가볍고 상쾌한 기분으로 눈을 팍 떴습니다.

"어라? "

머리와 눈은 그 어느 때보다 말똥말똥한데 목과 허리에 통증이 심하게 왔습니다. 그렇게 아픈 근육들을 부여잡고 엉기적거리며 일요일을 통째로 반납하고는 누워서 보냈어요.

문제는 다음 날이었어요. 푹 쉬고 눈을 떴는 데도 일어나지를 못했습니다. 목부터 허리까지 무거운 추 하나가 나를 붙들어 맨 것처럼 몸이 무거웠어요.

"왜 이러지?"

몸을 억지로 일으키려는 순간 번개가 허리에 꽂히는 느낌이 들었어요. 고통이 전기처럼 지릿하게 온몸을 덮었습니다. 동시에 천둥같은 악 소리가 절로 났습니다. 허리에 극심한 통증이 왔어요.

여러 가지 이유가 있었지만, 가장 큰 문제는 오랜만에 자전거를 타면서 업된 기분으로 오버페이스를 하여 근육에 무리를 준 탓입니다. 오랜만에 움직이려면 자전거에도 기름칠을 했듯이 몸에도 기름칠을 했어야만 했는 데 말입니다.

출근은 커녕 화장실도 가지 못한 채 뒤척이며 종일 누워서 아픈 허리를 부여잡고 씨름을 하다 보니 어느새 오후 5시입니다. 신세가 처량해지기 시작했고 이대로는 밤새 잠도 못 들 것 같았어요. 반드시 병원은 가야 했기에 이를 악물고는 버둥거리며 겨우 일어났어요. 한 걸음씩 조심스럽게 발을 떼며 골목길을 나서자마자 부리나케 택시를 잡아탔습니다.

"악!"

허리를 숙이지를 못하니 악 소리가 저절로 나왔어요. 기사님이 놀란 눈으로 뒤를 돌아봅니다. 진짜 눈물이 찔끔 나올 정도로 무지하게 아팠습니다.

"죄송합니다. 허리를 좀 다쳐서요."

"아이쿠, 젊은 사람이 허리가 벌써부터 안 좋아서 어떡하나."

다시 택시에서 내리는 난관을 어렵게 통과하고서야 한의원에 들어섭니다.

"근육이 왜 이리 심하게 뭉쳤어요?"

아무 대답도 하지 못한 채로, 침을 맞고 뜸을 뜨고 나니 선생님께서는 뭉친 근육을 손으로 좀 풀어주시겠다고 하십니다.

워낙 침도 잘 맞는 편이고 아픈 것을 잘 참는 성격이라 대수롭지 않게 말했습니다.

"네, 빨리 풀고 싶어요. 이런 적이 처음이라 너무 힘듭니다."

대답하는 순간, 눈 앞에 별이 스쳐가는 것 같았어요. 너무 아픈

나머지 선생님을 향해 소리를 지를 뻔 했습니다. 참아야 했어요. 얼굴을 옆으로 돌려 누워있는데 뺨을 타고 조용히 눈물이 흐릅니다.

"으으으읍읍으읍윽, 슨승늠, 너무 아파요"

눈물, 콧물을 쏙 빼고는 병원을 나섭니다. 다시 택시를 타려고 서있을 때는 마음의 준비가 필요했으며, 집에 가서 쉬는 동안에도 여간 불편하고 고통스러운 게 아니었습니다. 그렇게 이틀 휴무를 내고는 병자 모드로 지냈지요. 더 이상 쉴 수 없는 상황이어서 일단 출근은 했지만, 30분마다 일어나서 스트레칭을 하며 몸을 풀어야 했습니다. 이게 무슨 코미디 같은 상황일까? 퇴근을 하는 즉시 한의원을 매일같이 찾았습니다.

"어지간히도 아픈가 보네. 이렇게 부지런히 오는 걸 보니. 껄껄. 아니 뭘 하면 이렇게 심하게 허리가 뭉쳐요?"

속으로 자책만 했을 뿐 대답을 하지 못한 채 작게 앓는 소리만을 뱉어냈습니다.

"선생님, 좀 살살해 주세요."

어쩌면 이렇게도 자주 스스로가 보내는 신호를 무시하며 지내는 것일까? 스스로를 책망하며 오늘도 또 반성합니다.

항상 무엇을 하기 전에는 몸과 마음을 말랑하게 만들어 줄 필요가 있답니다. 미리 워밍업을 하며 '나 이제 달릴 거야' 하고 몸에게도 신호를 보내야 합니다. 그리고는 몸을 충분히 풀어줘야 해요.

인간은 망각의 동물입니다. 글을 쓰는 이 순간도 너무 오래 한 자리에 있었던지 허리가 뻐근합니다. 자주 되뇌이지 않으면 이렇게 또 잊는 겁니다. 내 몸에 다시 번개 침이 꽂히기 전에 바람도 잠깐 쐬고 목, 허리, 팔을 풀어주고 와야겠어요. 시원하게 스트레칭부터 하고 다시 시작해야겠습니다.

내 영혼의 다크서클

　현대를 살아가는 우리는 피로를 단짝 친구처럼 데리고 다닙니다. 학교와 직장을 가야 하고 육아를 해야 하며, SNS도 틈틈이 업데이트하느라 밤늦도록 핸드폰을 바라봅니다. 눈과 머리를 포함해 온몸에 피곤이 쌓이게 됩니다. 그야말로 피곤에 절여집니다. 피곤하지만 반복적인 행동을 쉽게 멈출 수 없어서, 다음 날 출근길이 되면 손잡이를 옷걸이 삼아 피로한 몸을 걸쳐두고는 뻑뻑한 눈으로 핸드폰을 또 바라보곤 합니다. 하루를 시작하는 아침인데 연신 하품이 나고 내 몸은 보이지 않는 손에 이끌려 출근을 하고 있습니다. 어느새 다크서클이 발목까지 내려와 있고요. 지각인 데도 달릴 기운조차 없는 날도 있습니다.

　퇴근 길 지하철에서 주변을 둘러봅니다. 나와 비슷한 좀비 친구들이 주변에도 굉장히 많이 보입니다.

잠깐 핸드폰을 내려두고 몸의 소리를 한번 들어 봅시다. 목도 뻐근하고, 어깨도 당기며, 두통도 살짝 있는 것 같습니다. 몸의 아우성을 그제서야 들을 수 있어요.

일단 몸이 피로하면 내 몸도 거추장스럽게 느껴져요. 몸뿐 아니라 마음까지 느려지고 수동적으로 변합니다. 나에게 주어진 업무도 내일로 미루고 싶은 마음이 굴뚝 같습니다. 그랬다가는 팀장님에게 등짝 스매싱이 날아 올텐데……. 도통 몸이 따라주질 않아 정신을 차릴 수가 없습니다.

평상 시에는 아무렇지 않은 일들이 귀찮다는 생각이 들고 작은 일에도 짜증이 쉽게 납니다. 그것이 불평 불만으로 자연스럽게 이어집니다. 부정적인 생각들이 침투하게 되는 관문이 되는 것입니다.

퇴근 시간이 다가오면 씻은 듯 나아지는 것 같아서 잠시 의욕이 생겨서 술 자리 약속을 잡기도 하고 무리를 하게 됩니다. 악순환이 시작됩니다. 일단 나에게 속지 말고 무조건 집으로 가야 합니다.

첫 번째로 피로를 풀어 주는 방법은 충분한 수면입니다. 잠이 보약이라는 말처럼 수면은 중요한 역할을 합니다. 충분한 수면은 뇌를 쉬게 하고 하루 동안의 피로를 풀어줍니다. 잠을 잘 자야 면역 기능도 회복이 됩니다.

두 번째는 가벼운 운동입니다. 집에 도착하면 간단하게 저녁을 차려 먹고 몸을 풀어 봅시다. 피곤하면 몸을 움직이기 귀찮아지지만 잠들기 한 시간 전에 가벼운 유산소 운동이나 스트레칭을 하는 것은 숙면에도 도움을 주고 몸의 피로를 빠르게 회복시킵니다.

가벼운 스트레칭은 과도한 운동 후에 몸에 쌓인 젖산을 줄이는 데도 도움을 주어 한결 컨디션이 좋아지고요. 누워서 할 수 있는 간단한 동작만으로도 피로를 제거할 수 있습니다. 질리지 않도록 여러 가지 동작을 교대로 하면서 피로와 스트레스를 한방에 날려 보냅니다.

세 번째는 건강한 음식을 먹는 것입니다. 영양이 결핍되어도 무기력해지고 쉽게 피로해집니다.

사회 생활을 꾸준히 하려면 몸을 단련하고 마음을 단단히 해 주는 것이 중요합니다. 그것을 지속시켜 주기 위해서는 몸과 마음의 피로를 적절히 풀어주며 중간중간 휴식을 취해야 합니다. 피로가 누적되면 나도 모르는 사이 무기력해지기 때문입니다. 몸이 고단하면 짜증이 늘어만 가요. 피로의 누적은 면역력 저하를 부르게 되고 각종 질병이 따라오죠. 그리고 누적된 피로를 푸는 것은 더욱 어려워집니다. 하나씩 다시 점검하고 바로 잡아 가야 합니다.

오늘부터라도 보이지 않는 손에 이끌려 멱살 잡혀 삶을 살아가는 여러분이 되지 않기를 바랍니다. 무기력하게 하루하루를 버티며

좀비처럼 살아가는 것은 일상을 하나 둘씩 잠식시킵니다. 스스로를 회복시켜야 합니다.

당장 일어나서 아니 엎드려서라도 몸을 한 번 쭉 늘려줍니다. 바로 뒤집어서 몸을 쭉 늘려줍니다. 그래야 내일이 좀 더 상큼해집니다.

천천히 조금씩, 거북이씨의 역전

한동안 1년 정도를 퇴근 후 꼬박 수영장을 찾았습니다. 그 중에 기억이 남는 수강생이 있었는데요. 그 분은 1년 동안 거의 빠지지 않고 열성적으로 출석하는 모범생이었지만 상급반으로 올라갈 때마다 탈락이 되어서 1년이 지나는 시점에서야 가까스로 연수반에서 다시 만날 수 있었어요.

운동을 좋아하며 웨이트도 하고 마라톤도 하시는 운동 매니아라고 본인 소개를 했어요. 하지만 좋아하는 것과 달리 체력이 따라주지 않았고 실력이 월등히 좋아지진 않았답니다. 그 분은 출석으로 치자면 늘 1등 수강생이었고 지각조차 잘 하지 않았어요. 강사님에게 못한다고 잔소리나 교정을 자주 받았지만, 딱히 개의치 않는 듯했고 큰 미동이 없었어요. 더 열심히 하지도, 주눅이 들지도 않았는데 그 점이 저는 참 재미있다고 생각했습니다. '나는 나다. 내 갈 길을 갈 뿐이다' 하는 얼굴로 늘 자기만의 페이스를 유지해 갔어요.

좀처럼 늘지 않는 실력을 보며 '열심히 하시는구나. 인정! 그런데 성실함에 비해 저리 실력이 늘지 않으니 답답하지 않을까? 나라면 더 열심히 하려고 열을 올리거나, 제 풀에 지쳐 그만뒀어도 진작에 그만뒀을 텐데.' 하며 쓸데없이 감정이입을 하곤 했지요. 실제로 수영에 중독인 상태였던 때라 평일 주말 할 것 없이 하다 보니 그만큼 내 실력은 쭉쭉 늘어갔어요. 그러니 더 신이 나서 수영에 흠뻑 빠지게 되었고요. 내가 수영에는 꽤나 소질이 있다고 착각하면서 자주 마주치고 친분이 생겼던 그 분을 '거북이'라고 놀리곤 했어요. 나의 어린 골골이 시절 생각은 까맣게 잊고요. 다행히 농담을 받아 주시며 허허 하고 넘겨 주셨지요.

그 당시에 나는 수영을 누구보다 잘하고 싶다고 생각했습니다. 빨리 윗반으로 가고 싶었고, 1번으로 출발하고 싶다는 작은 로망이 있었어요. 하지만 그 분은 윗반으로 올라가고 싶은 생각도 없었고 건강을 위해 그저 하루하루 어떤 운동을 해야겠다고 생각하며 꾸준히 참석하는 데 의의를 가졌어요. 목적이 달랐기에 취하는 방법이 다르고 임하는 마음도 달랐던 겁니다. 그러니 놀리든지 말든지, 실력이 상승되지 않더라도 연연하지 않았던 것이죠. 어느 날 그 분은 일 때문에 새벽반으로 옮겨가야 한다고 말을 했는데, 그 뒤로는 통

볼 수가 없게 되었죠.

그리고 나는 수영을 꽤 오랫동안 쉬었습니다. 아주 간만에 센터에 다시 등록을 하고 보니 몸은 천근만근이고 그렇게 물 안에서 날쌘돌이였던 나는 어디로 갔는지, 예전 같지 않음에 답답한 날들을 보내고 있었어요. 그러던 중 주말 자유수영을 하러 갔다가 반가운 얼굴을 마주했어요. 그 분, 거북이!

잠시 쉬는 틈에 그간의 안부를 묻는데, 요즘 대회를 나가서 메달을 딴다고 합니다.

"네? "

그러고는 제 앞을 가로질러 팟팟 하면서 자유형으로 앞질러 나아갑니다.

"세상에!"

새벽반으로 옮긴 뒤에도 쉬지 않고 꾸준히 수영을 했다고 합니다. 오랜만에 같이 수영을 하다 보니 나는 떨어진 폐활량으로 같은 거리를 가도 혼자 숨이 넘어갈 지경으로 헥헥거렸어요. 근데 거북씨는 바로 수다도 떨고 세상 여유로워 보이는 겁니다. 다른 사람이 되어 있었어요.

'성실한 꾸준함은 이길 수가 없구나.'

지금도 가끔 안부를 묻곤 하는데요, 여전히 달리기를 하고 새벽 수영을 하고 있으며 대회에도 꾸준히 출전한다고 합니다. 가끔씩 가

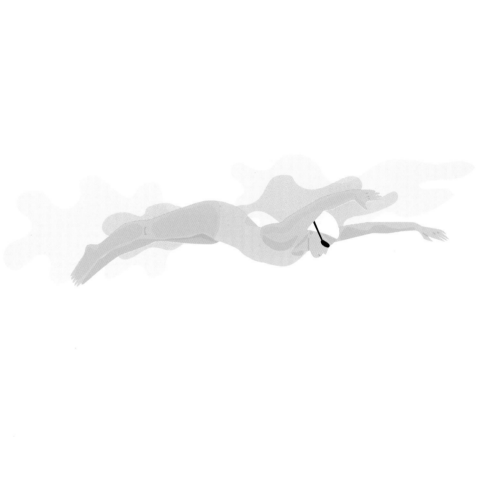

던 길을 멈춰 설 때면 거북씨를 떠올립니다. 참 대단한 사람이지 하며 다시 스스로 반성을 하곤 합니다.

　하나를 꾸준히 오랫동안 한다는 것은 정말 말처럼 쉽지 않다는 것을 우리는 알잖아요. 매일 그리던 그림도 쉬면 손이 굳고, 책을 읽는 것 조차도 오랜 기간 동안 멈추게 되면 글을 읽는 속도가 느려지고 이해도가 떨어지게 마련입니다. 모든 것은 멈추었다가 다시 시작하려면 기름칠을 해 주고 스트레칭을 하는 등 워밍업하는 시간을 필요로 하게 되지요. 이전 상태로 돌아가기까지 꽤 오랜 시간을 다시 투자해야 합니다. 그래서 몸과 마음이 지쳐서 멈추고 싶을 때는 잠시 쉬어가면서 천천히 가더라도 꾸준히 하는 방법을 찾아야 합니다. 거북씨처럼.

야매 천주교인의 절 운동

5월이 순식간에 지나가고 6월이 시작되자 날씨는 여름 못지않게 뜨거워지기 시작했어요. 선풍기를 틀어 놓고는 침대에 다시 벌러덩 누웠어요. 오른쪽으로 누웠다가 눌린 귀를 펴고자 왼쪽으로 눕기를 반복하면서 뜨끈한 초여름 날의 햇빛에 몸을 골고루 구워가며 주말을 나른하게 보내고 있던 순간입니다.

핸드폰이 울려 전화를 받으며 일어났어요.

장롱 면허를 자랑하는 친한 언니는 언니네 집 근처 어딘가로 물건 좀 실어줄 수 없겠냐며 운전사 역할을 부탁한 것입니다.

지루하던 참에 후딱 일어나서는 세수만 후다닥 하는 바람 쐬러 가는 기분으로 언니네로 향했습니다. 햇빛이 강했지만 차창으로 기분 좋은 바람이 솔솔 불었고 언니랑 수다를 떨면서 가다 보니 금

방 도착했습니다. 그곳은 도심 속의 조그마한 법당이었어요

입구에 들어서자 한 편에는 불자님들 몇몇이 고요하게 절을 하고 있었고, 커튼이 젖혀진 창 밖으로는 한없이 햇빛이 쏟아지고 있었어요. 조용한 분위기에 덩달아 차분해지는 그 느낌이 싫지 않았어요.

냉방 기구가 없는 그곳에서 김이 모락모락 나는 따수운 녹차를 대접받았습니다. 얼음 동동 아이스커피를 기대했던 나는 온몸으로 여름을 느끼며 어색한 모습으로 불자님들 사이에 앉아 있었지요.

"오신 김에 절 운동 한 번 해 보시겠어요?"라고 하십니다.

"아, 저는 괜찮습니다. 그리고 저는 천주교인입니다."

"괜찮습니다. 절을 운동삼아 해 보세요. 절을 할 때는 부처님 대신에 성모님을 떠올리세요."

"끙"

갑작스럽게 절을 해 보라는 권유에 나는 한사코 거절을 했음에도 결국에는 여러 손에 이끌려서는 절을 하고 있는 나를 봅니다. 우선 무릎을 꿇고 절을 합니다. 그리고 무릎을 땅에서 떼는 동시에 허벅지에 힘을 주고 한 번에 일어나라고 알려줍니다.

"헛?"

중심을 잃고 비틀대며 다시 자세를 가다듬어야 했어요. 한 번에 딱 일어나려면 허벅지에 힘을 잔뜩 주고 일어나야 했어요. 허벅지의 힘이 필요했고 균형을 잡아야 했는데 쉽지 않았어요. 잘못하면 무릎

이 상할 수 있으니 제대로 해야 한다며 계속해서 자세를 잡아주셨습니다. 다시 두어 번 해봅니다.

"생각보다 힘드네요?"

"네. 그래서 절 운동을 합니다. 생각보다 운동이 되죠?" 하고 웃으십니다.

"절 운동을 하면 몸도 건강해지지만 숨을 트이게 해줘요. 그래서 호흡이 중요해요. 동작에 잘 맞춰서 호흡을 하면 숨을 잘 쉬게 되지요. 꾸준히 하면 숨통이 트이고 몸이 가벼워지고, 동시에 마음도 한결 가벼워지게 됩니다."

"네? 숨이 트인다고요? 우리는 이미 숨을 쉬잖아요?"

"숨은 쉬는데 각종 마음의 병으로 인해 숨이 막혀 있어서 숨이 잘 쉬어지는 않지요. 그러니 '아이고, 숨막혀'라고 하잖아요."

도무지 알 수 없는 말들입니다. '숨을 잘 쉬게 되고 숨이 트이고 마음이 가벼워진다고?' 호기심이 생겼습니다. 숨이 트이고 마음이 가벼워지는 것을 경험해 보고자 했습니다. 그렇게 백팔배를 시작해 보기로 했어요. 가끔 법당에 들러 조언을 구했고 집에서 절을 하며 '성모님'을 떠올리는 생뚱맞은 경험을 시도해 보기로 한 것이죠. 살다 보면 보면 숨이 막히는 일은 한두 가지가 아니잖아요. 그래서 숨을 잘 쉰다는 게 어떤 건지, 정말 막힌 숨이 트이는지 궁금했습니다.

지난 겨울 스노보드를 타다가 넘어져서는 왼쪽 팔목에 금이 간

뒤로는 한동안 운동을 하지 못해서 몸은 근질거리고 있었고, 나는 밑져야 본전이라는 생각으로 시작을 했습니다. 보통 기상 시간보다 한 시간 빠른 6시경에 일어나서 백팔배를 하기로 했습니다. '습관과 몸이 바뀌는 데도 보통 3개월이 걸린다고 하니까 딱 3달만 해 보자'라고 결심했죠.

처음에 백팔배를 하는 시간은 50분 정도가 걸렸고, 그렇게 점점 30분도 되지 않는 시간에 백팔배를 할 수 있게 되었습니다. 절 운동을 하는 동안에 마음이 진정되는 느낌도 들었고 생각보다 땀이 많이 나면서 운동이 되었던 탓에 몇 번 하다가 말 것 같았던 시도는 3달이 다가 오도록 쉽게 질리지 않았습니다. 탄력이 붙자 가끔씩 법당을 찾아 어르신들과 함께 절을 하기도 했어요. 불교 서적과 함께 절 운동에 심취해서는 여러 친구들에게 절 운동을 권해 봤지만, 다른 운동을 할 때면 동참하려고 묻던 친구들도 쉽사리 동참하지는 않았습니다. 그도 그럴 것이 불교는 자신을 수양하는 종교이다 보니 절제를 해야 하는 것들이 많았거든요.

"기인이냐? 천주교인이 절 운동을 하고. 차라리 요가를 해." 하는 말들을 들었습니다.

"그러다가 삼천배도 하겠어!"

하는 말에 '그래, 삼천배에 도전해 봐도 좋겠다.'라고 진지하게 생각하기 시작했습니다. 단단히 심취한 것이죠. 그쯤 법당에서는 때

마침 삼천배 행사가 열렸고 나는 정말로 삼천배에 참가했습니다. 밤 9시에 시작해서 날이 밝을 때까지 삼천배를 완료하는 일정이었습니다. 삼천배를 연이어서 하진 않고 중간에 잠깐씩 휴식을 취하게 했습니다. 몇 명이나 신청했을까 했지만, 큰 법당에 백 명은 족히 되어 보이는 사람들이 삼천배를 하려고 모였습니다.

단체로 스님의 죽도 소리에 맞춰 절을 해갑니다. 포기하는 사람도 있고, 중간 중간 잠을 청하는 이들도 있었지만 휴식 시간에도 나는 잠들지 못했습니다. 중간 중간 포기하고 싶은 생각이 일었지만 이내 아침이 되었고 삼천배를 마쳤습니다. 끝이 나면 곧장 집으로 가서는 쓰러질 것 같았지만 그 느낌이 너무나 또렷하고 생소해서 법당 안에서 한동안 머물렀어요. 다들 돌아가는 것을 본 뒤에도 선뜻 발을 떼지 못했어요. 그렇게 머리가 맑고 또렷해진 일이 없었던 것 같습니다. 그렇게 남은 사람들과 점심까지 먹고 난 뒤에야 집으로 향했습니다.

당연하게 마시고 뱉는 숨을 잘 고르며 살아야 한다고 생각하는 계기가 되었어요. 절 운동뿐 아니라 일상 생활에서도 숨을 잘 쉬는 것은 참 중요합니다. 걸을 때도, 수영을 할 때에도, 웨이트나 요가를 할 때에도 마찬가지로 호흡은 참 중요합니다. 화가 나거나 흥분을 하면 호흡이 가빠옵니다. 긴장을 하면 숨이 잘 안 쉬어지거나 호흡이 멈추는 것을 경험합니다. 천천히 호흡을 마시고 내쉬면 한결 마음이 정돈됩니다.

　힘든 날, 화가 나는 날에는 그렇게 숨을 한 번 고르고 지나가야 합니다. 가끔씩 숨이 막히는 날에는 크게 숨을 한 번 내쉬고 다시 신선한 공기 마시기를 해 보세요. 명치 끝도 살살 눌러가며 막힌 곳을 풀어주며 숨을 잘 쉬는 것만으로도 큰 도움이 된다는 것을 알게 됩니다.

잘 먹고 잘 사는 것

———

친구가 대뜸 물어봅니다.

"왜 그렇게 열심히 일해?"

"먹고 살려고."

궁극적으로 우리는 먹고 살기 위해 일을 하고, 일을 하면 금전적인 보상을 받습니다. 먹어야 에너지를 얻고 살아갈 수 있으니까요.

우리 모두 음식을 먹습니다. 다만 좋은 것을 먹는가, 나쁜 것을 먹는가 하는 차이가 있을 뿐입니다. 하루 하루 내가 먹은 음식은 나를 만들어 갑니다. 하지만 이 중요하고도 단순한 사실이 너무 당연하여 잊고 살지요.

"나는 물만 먹어도 살이 쪄."

정말 그렇다면 당장 건강 상태를 체크해 봐야 해요. 물만 먹어서는 살이 찌지 않을 테니까요. 흔히들 과체중인 사람들은 영양 과다라고 생각하기 쉽지만 그들 중 많은 사람들은 영양 결핍인 상태가 많아요. 영양의 균형이 깨지면 몸은 혼미해집니다. 뇌는 즉각 신호를 보냅니다. '배가 고파' 하고요. 비타민 C가 부족해도 같은 신호를 보내고, 비타민 B가 부족해도 오로지 '배가 고프다'라는 한 가지의 신호를 보냅니다. 적절한 영양을 섭취하라는 신호인데 '그럼 비타민 A를 먹어야겠군.' 하지는 않습니다. 배가 고프다는 단순한 신호를 받았으니까 대충 밥을 먹고 단순 칼로리를 충전시킵니다. 그런 식으로도 비만이 올 수 있는 것이죠.

그러니 먹지 않아도 쉽게 살이 찌거나 먹어도 먹어도 살은 안 찌고 늘 배가 고프고 힘은 없어 무기력하다면 영양 상태를 체크해 볼 일입니다.

가끔 유독 먹고 싶은 음식이 있어요. '몸이 필요로 하나?'라는 생각이 듭니다. 그럴 때는 먹습니다. 달콤한 간식, 인스턴트나 자극적인 음식일지라도 조금은 먹어줍니다. 몸이 필요로 하기도 할 테지만, 내 감정이 필요로 하는 음식일 수도 있어요. 너무 제한한다면 오히려 몸도 마음도 지치게 될까봐 과하지 않게 섭취해 줍니다.

무리해서 제한된 식사를 하는 이유는 건강상의 이유를 제외하고는 단시간 내에 날씬한 몸매를 갖고자 하는 마음일 텐데요. 다이어트를 하는 사람이라면 결과적으로 체중 감량이라는 보상을 바라며 시간을 투자하고 노력하게 됩니다. 그러니 오래 걸리기 보다는 단기간 내에 성과가 이루어지기를 바랍니다. 그렇다 보면 무리를 하고 무리는 실패의 비율을 크게 높입니다. 목표를 이루기 위한 급격한 변화는 힘들 수밖에 없고 스트레스를 받으며 의지를 쉽게 꺾어버립니다. 의지가 꺾이면 폭식이라는 순간의 보상에 발을 담그게 될 가능성이 높아집니다. 그럼에도 불구하고 많은 사람들은 보다 빠른 보상을 위해 무리한 계획을 합니다.

오랜 기간 동안 천천히 체중을 감량하는 목표를 갖는 이유는 오늘 내가 열심히 2시간 동안 운동을 한다 할지라도, 내일 당장 5kg이 빠지지는 않기 때문입니다. 몇 달 혹은 일년이 걸릴 지도 모를 일이기 때문입니다. 하지만 하나를 얻으면 하나를 잃어야 해요. 더군다나 쉽게 얻으려 한다면 좀 더 큰 값을 치러야 하는 것이죠.

단시간에 체중 감량에 성공하는 것보다 건강한 내 몸을 위해 시간을 들여 천천히 감량하는 것이 좋습니다. 시간은 걸리지만 오랜 시간 날씬한 몸매를 유지하는 방법이기도 하고요.

체중 감량은 감량한 이후가 더 중요합니다. 내 몸은 이전 상태로 돌아가려는 습성이 있기 때문에 꾸준히 운동과 식습관을 병행해야 합니다. 몸은 하루 아침에 쉽게 바뀌지 않아요.

시간이 오래 걸리더라도 건강한 몸, 멋진 몸매라는 보상을 받기 위해서는 꾸준히 운동하며 건강한 식단을 유지하는 습관을 들여야 좋습니다. 좋은 식습관이나 생활 패턴을 유지하지 못한다면 단기간의 효과는 물거품이 되기도 합니다.

그런 이유로 제한된 식사보다는 끼니를 잘 챙겨먹으라고 권하고 싶습니다. 건강에도 좋은 영향을 끼치게 되고 좋은 식사를 하는 습관을 들여야 날씬한 몸매를 유지할 수 있어요.

음식을 잘 먹으면 마음까지 좀 둥글둥글해지는 것을 느낍니다. 반대로 다이어트를 하면서 식단을 너무 제한하게 되면 예민해지고요. 자칫 감정에 휘둘린 식사가 되어 정크 푸드 파티를 하거나 폭음, 폭식을 하게 됩니다. 제대로 된 한끼를 즐겁게 먹는 것은 감정적인 포만감까지 채워 주게 되며 오히려 간식 먹는 횟수를 줄일 수 있습니다.

좋은 음식을 먹으면 내 몸에도 좋지만 좋은 에너지를 발산하고 나쁜 음식을 먹으면 나쁜 에너지를 만듭니다. 되도록이면 입이 좋아하는 음식이 아닌 몸이 좋아하는 음식을 먹어야 합니다. 내 몸에 좋으면서 내가 좋아하는 음식을 잘 찾아봐야 합니다. 아무리 좋은 음식도 내가 끝내 입에 담기 힘들다거나 나에게 맞지 않는다면 그것은 고통이나 다름없잖아요.

운동을 할 때에도 공복에 하는 것이 좋은지 음식을 꼭 섭취한 뒤에 하는 것이 좋은지도 저마다 다릅니다. 운동도 나에게 맞는 방식이 있듯이 식단도 나를 잘 알아야 하고 부족한 것이 없는지, 과잉된 것은 없는지 잘 살피고 섭취할 수 있습니다.

겉모습에만 치중할 것이 아니라 내 안의 나를 변화시키기 위해는 시간을 들이고 좋은 식습관과 운동습관을 만들도록 해야 합니다. 오늘의 내가 내일의 나를 만든다는 생각으로 천천히 나를 바꿔가야 해요.

그저 날씬하고 마른 몸보다는 군살이 없고 적절한 근육으로 이루어진 건강미 넘치는 몸을 지향합니다. 내 몸 속을 건강히 하다 보면 근사한 몸매는 덩달아 오게 마련입니다.

건강한 습관을 위해 오늘도 열심히 운동하는 나에게 영양이 가득한 음식을 대접하세요.

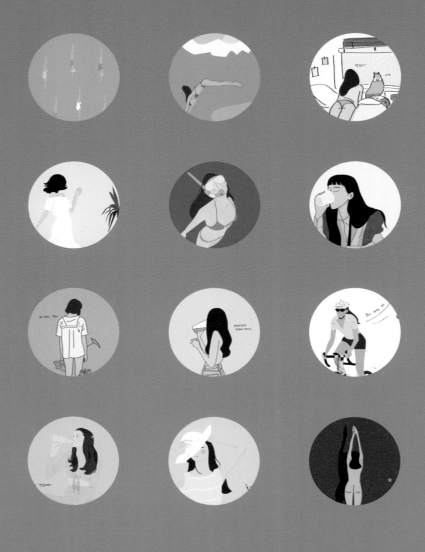

몸과 마음이
단단해지고

—

물 흐르듯이 산다는 것

니코스 카잔차키스의 〈그리스인 조르바〉에서 조르바는 말합니다.
"산다는 것이 감옥살이지."
"암, 그것도 종신형이고 말고. 빌어먹을!"
　조르바는 자유롭고 열정적인 태도로 삶에 임합니다. 여기서 자
유롭다는 것은 무책임한 자유를 말하는 것이 아닙니다. 책의 화자로
조르바의 두목이 등장하는데, 미적지근한 성격으로 늘 할까 말까를
머릿속으로 고민하고, 나아가는 방향으로 쉬이 발걸음을 떼지 못합
니다. 왠지 그는 나와 닮아 있다는 생각이 들었기에 더욱 그가 답답
해 보였어요. 나는 책을 읽는 내내 무식할 정도로 인생을 활보하는
조르바가 부러웠습니다. 삶에 대한 열정과 세상의 고난 앞에서 담대
한 그의 태도가 말입니다.

조르바는 커다란 산과 같은 고난이나 어려움 앞에서 늘 외쳤습니다.

"그저 해 나가기만 하면 돼요."

그는 어떤 순간이 와도 결코 포기하지 않고 물이 흐르듯 자연스럽게 모든 일을 받아들이며 활동적으로 움직이고, 혼란의 순간에도 해야 할 일만을 잘 골라내서 시원스럽게 해치웁니다. 조르바의 삶은 통쾌하기까지 했습니다.

"나도 삶을 시원스럽게 살고 싶어."

나는 조르바처럼 결단력이 뛰어나지도, 자유롭게 살아 낼 용기도 없었습니다.

취업을 준비하고 있을 때 황당한 경험을 했습니다. A 회사에서 취업 확정 통보를 받고서는 B 회사와 저울질을 하다가 결국 A 회사에 가기로 결정했습니다. 첫 출근을 앞두고 얼마나 신이 나겠어요. 근데 출근을 며칠 앞두고 A 회사에서 돌연 입사 취소를 통보했습니다. A 회사에서 추진하던 신규 사업에 새로운 팀이 만들어질 예정이었고 저는 그 팀의 팀원으로 입사하는 것이었는데, 신규 사업이 무산되어서 인력이 필요 없어졌답니다. 결국은 B 회사도 놓치게 된 겁니다.

당시에는 펄쩍펄쩍 날뛰며 화를 냈습니다. 갑작스러운 상황에

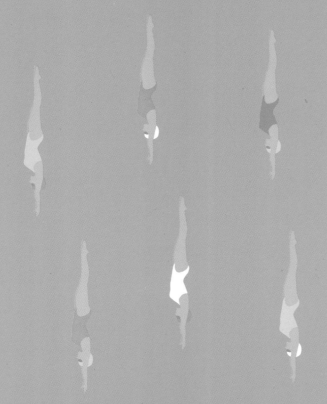

Water
dance

계획을 변경하고 경로를 바꿔야 했으니까요. 내 계획대로 되지 않아서 힘들었습니다. 돌이켜 보면 인생에는 그 보다 더 황당한 일들도 많습니다.

계획을 상당히 구체적으로 짜는 성격이다 보니, 하나가 뒤틀리기 시작하거나 아귀가 딱 맞지 않으면 그때부터 고통의 순간은 시작됩니다. 내가 나를 괴롭히는 시간이 짠 하고 개봉 박두되는 거죠.

인생은 늘 계획대로 되지도 않고 불시에 누군가의 잘못 없이도 툭 하고 나에게 고난을 던져 주기도 합니다. 미리 예측하기도 어렵고, 계획을 하고 대비를 한다고 해도 모든 고난을 피하면서 살 수는 없겠지요. 계획대로 되지 않는다고 짜증으로 머리를 쥐어뜯어봐도 결국 방법은 하나밖에 없습니다. 현실을 인정하고 일단 해야 할 일부터 찾아서 하는 것. "그저 해 나가기만 하면 돼요."라는 조르바의 말을 기억하려고 합니다.

나쁜 일이 늘 특정한 원인 때문에 일어나진 않아요. 그저 일어난 일들도 있습니다. 좋은 일도 마찬가지입니다.

물 안에서 걸어 보면 물의 저항력 때문에 앞으로 잘 나아가지 않습니다. 힘을 주고 걸어 보세요. 엉기적엉기적 물을 밀어낸다 하더라도 물도 같은 고집을 부리며 나를 더욱 밀어냅니다.

이제는 수영을 하면서 가볼까요? 물의 힘을 받아서 가게 되니

걷는 것보다 쉽습니다. 하지만 아직도 물은 저항합니다. 물이 밀어내는 힘에 잘 버티려면 힘을 길러야 합니다. 물이 밀어내면 나도 같이 밀 수 있는 힘을 길러야 나아갈 수 있어요. 힘으로 그저 밀기만 한다고 수월하게 흘러갈까요? 내가 스스로 몸에 힘을 주고 고집스럽게 버티면서 밀기만 한다면 가는 길이 힘들고 호흡도 힘들어집니다. 몸과 마음도 지치게 됩니다. 결국 있는 힘껏 물을 밀어내려고 해도 물의 힘을 절대 이길 수는 없습니다.

힘을 빼고 천천히 물에 몸을 맡겨 봅니다. 물을 이기려 하지 말고 물의 도움으로 잘 흘러가는 법을 익혀야 합니다. 몸이 한결 편안해지고 호흡도 쉬워집니다. 몸에 힘이 들어가면 호흡도 더 가빠지고 호흡할 타이밍을 놓치면 나 살려라 수영이 다시 시작되는 겁니다. 물에 몸을 가볍게 띄우고 물과 함께 흘러가야만 비로소 편안하게 수영을 할 수 있게 됩니다. 큰 힘을 들이지 않고 적당한 힘만으로도 몸이 수월하게 나아가는 것을 알게 됩니다. 수영인들은 그것을 보고 물을 탄다고 말합니다.

배를 타고 물 위에 떠가듯이 물을 타면서 수영을 하는 겁니다. 처음에는 무슨 말인지 통 알 수가 없습니다. 끊임없이 연습하고 반복합니다. 그러면 반드시 물을 타는 경험을 하게 되고 '할렐루야' 하고 외치는 날이 옵니다.

앞으로도 좋은 날, 나쁜 날이 번갈아 가며 올거에요. 계획한 대로만 흐르지 않을 겁니다. 상황에 맞춰 경로를 변경하고 할 수 있는 일을 찾아서 해야 합니다. 마음 같지 않다고 나에게 닥친 문제에 대해서 너무 강하게 저항하고 있는 것은 아닌지, 쓸데없는 고집을 피우고 있는 것은 아닌지 생각해 봐야 합니다. 무엇이 나를 힘들게 하는지, 내가 나 스스로를 힘들게 하는 것은 아닌지 가끔씩 돌아볼 필요가 있습니다.

인생도 수영처럼 물을 타듯이 몸을 맡기고 흐르면 수월해집니다.

그럼에도 불구하고 스타트

로마 시대의 정치가이자 스토아학과 사상가인 세네카(Lucius Annaeus Seneca)는 이런 말을 했습니다.

"우리는 실제보다 상상에 의해 더 많이 고통받는다.(We suffer more often in imagination than in reality.)"

처음이라는 것은 설렘을 동반하면서도 익숙하지 않음에 두려움이 생기곤 합니다. 생각해 보면 어릴 때는 새로운 일에 대한 두근거림과 설렘이 더 강했고 두려움이 덜 했던 것 같아요. 아마 실패의 경험이 많지 않아서이지 않을까요?

오랜 수영 인생 동안 나의 가장 큰 숙제는 '스타트'입니다. 늘 이글거리는 눈으로 열정을 가득 담아서 수영에 임했지만 내면의 나는 걱정과 겁이 많은 성격을 가졌기에 쉽사리 풍덩 뛰어들지 못했어요. 그저 조금 더 열심히 하는 것이 가장 미덕이라고 생각하는 나에게 스타트란 단순히 열심히 해서 될 부분이 아니었습니다. '넘어지면 어떡하지' 하는 걱정 병이 나에게 하강에 대한 공포증을 선사했습니다. 어릴 때 산에 올라가면 매번 기어서 내려오다시피 했으니 말이에요. 그러니 용자라면 그저 물에 풍덩 하고 멋지게 뛰어내리면 될 것이라고 생각되는 스타트가 나에게 쉬울 리가 없었습니다.

일단 스타트 대에 올라서면 망망대해를 바라보는 듯한 그 심리적인 압박감을, 서 본 사람이라면 누구나 알 수 있습니다. 마음에는 이미 높이 자체가 공포로 자리잡은 터라 입수 전부터 심장도 뛰고 다리가 후덜덜 떨리기 시작합니다. 입수와 동시에 두려움이 밀려와서 눈을 질끈 감아 버리게 되고, 고개까지 빳빳하게 들어 버리니(사실상 그런 자세는 '나는 절대 뛰지 않겠소'라는 것으로 보여집니다만) 물과의 마찰로 수경은 훌렁 벗겨지곤 했습니다. 수경이 벗겨지는 것을 피하기 위해 피가 통하지 않을 만큼 수경을 바짝 당겨 눈알이 곧 튀어나올 것처럼 쓰고 뛰어 내리곤 했는데, 공포에 떠밀려 눈을 감고 고개를 또 빳빳하게 들었다면 수경은 바이바이에요. 수없이 경험한 굴욕의 순간들을 또 맞이하게 됩니다. 실패의 경험은 두려움을 더 두껍게 만들었고, 자신감은 바닥을 쳤기에 까짓것 뛰지 말자(?) 하고 쿨하게 결정해 버리기도 해요.

스타트를 뛸 때는 추진 방향을 명확히 인지하고 입수 시 물의 저항을 줄여야 해요. 스타트를 뛰는 이유가 무엇일까요? 영법의 추진력을 위해서입니다. 하지만 나는 쫄보라서 익숙하지 않은 뛰어듦 앞에서 늘 심장이 튀어나올 듯 합니다.

"굳이 이렇게까지 하지 않아도 되잖아. 무리하지 말자. 나는 그저 건강을 위해 온 관광 수영인이지 내가 태릉인은 아니야."

끄덕끄덕 맞는 말이잖아요. 하지만 나는 이왕 할 거라면 잘하자는 삶의 모토를 갖고 있기에 또 열심히 달려보기로 합니다.

우리가 사는 인생도 비슷해서 낯선 일들은 늘 두려움이 생기고, 내가 잘 못하거나 하기 싫은 일들은 합리화를 시키고 숨어버리고 싶을 때가 많습니다. 용기를 내서 시도를 하더라도 잦은 실패가 결과로 찾아온다면 유쾌했던 용자도 어느 순간 쫄보라는 변신 가면을 쓰는 것은 한 순간이랍니다.

인생은 만만하지도 쉽지도 않아요. 그럼에도 우리가 해야 하는 것들이 있습니다. 그 중에는 다시 우리가 선택할 수 있는 일과 해야만 하는 일이 있는데, 전자는 패스해도 괜찮지만 후자인 경우 숨어버린다면 곤란합니다.

그렇다면 '하고 싶은 일'만 하면 얼마나 좋을까요? 자자, 그러지 말고 정신을 차리고 마음을 가다듬기로 해요. 해야만 하는 일 앞에서 끝까지 버티는 사람이 있는가 하면 울며 겨자 먹기로 강제 입수(?) 당하는 경우가 생기기도 하는데, '에라, 모르겠다.' 하고 뛰게 되는 일도 생길 거예요. 무엇을 하는지조차 인지하지 못한 채 말입니다. 하지만 일단 억지로 뛰어드는 것만으로도 반은 성공한 셈입니다. 이젠 방향만 정확하게 인지하고 계속 나아가면서 더 노련한 방법을 찾아내고 매끄럽게 다듬으면 될 테니까요.

무언가를 스타트하고자 하는 마음은 있는데 두려워서 시도조차 하지 못하고 있다면, 그것만으로도 두 가지를 잃게 된답니다. 성공했을 때 얻게 되는 기쁨과 경험(또는 이익), 시도나 부분적인 성공으로 얻을 수 있는 기쁨과 경험이 그것입니다.
정말로 하고 싶은 것이 있는데 성공 여부를 확신할 수 없어서 두렵다면 두려움의 실체를 파악하여 몸과 마음으로 대비하는 것이 좋아요. 결과를 떠나서 과정을 통해 배울 수 있는 점이 있다는 것을 기억하고, 하고 싶은 것을 시도하지 않았을 때 잃게 되는 것을 살펴보는 것은 어떨까요?

수경이 벗겨질까 걱정이 된다면 팽팽하게 줄을 당겨 써 보세요. 잘못 뛰어 배치기를 하고 얼굴에 물 따귀를 맞더라도 뛰어 보는 것이 중요합니다. 방법을 알더라도 시도하지 않은 것은 제대로 방법을 안다고 말하기 어렵고 그 깊이가 다릅니다.

수경을 벗은 뒤 남아있는 자국은 겁의 크기만큼 빨갛게 눈 주변을 물들여 놓지만, 순간의 창피함만 견딘다면 결국은 시간이 지나면 없어지게 되는 자국에 지나지 않으며 내가 몸으로 익힌 것은 내내 나에게 남아 경험이라는 이름으로 쌓여갑니다.

저는 앞서 말했듯이 쫄보입니다. 앞으로 지낼 많은 날들 속에서도 실패하면 어쩌지 하는 생각과 잘 해내지 못할까 봐 움츠러드는 날들이 많을 거에요. 하지만 나는 지친 어느 날의 나 스스로에게 말해 주고 싶어요. 무서워서 도전하지 않는 삶보다 시간이 오래 걸리더라도 꾸준히, 끊임없이 도전하면서 결국은 멋지게 날아오르는 새처럼 스타트를 해내는 꿈을 꾸며 사는 쪽이 좋다고요.

의식의 흐름대로, 그저 습관처럼

—

　나는 내가 애당초부터 가질 수 없었던 건강한 신체를 타고난 사람들을 참 부러워합니다. 몸이 약하면 조금만 움직여도 몸이 쉽게 지치고, 몸이 힘들어지면 정신도 곧 무너지거든요. 공부, 운동, 심지어 놀 때도 그들은 우세합니다. 지칠 줄을 몰라요. 다른 것은 둘째 치고라도 나도 한번 지치지 않고 놀아 보고 싶었습니다.

　건강한 신체를 타고난 사람들은 사실상 그것이 얼마나 큰 복인지 알기가 쉽지 않습니다. 원래 태어날 때부터 자연스럽게 내게 있던 장점들을 우연한 기회에 잃고 나서야 그 소중함을 알곤 합니다. 더욱이 건강한 신체란 것은 영원히 유효한 것이 아니며, 골골하고 허약한 신체 또한 영원한 것이 아님을 운동을 통해 경험하게 됩니다. 툭하면 발목을 접질러 넘어지고 버스에서는 나 혼자 허우적거리며 손잡이에 간절히 매달려 있던 나의 체력이 상승하는 것만 보면 몸을 씀으로써 가져오는 효과는 분명하다고 생각합니다. 우리 몸도 기계와 마찬가지로 자주 쓰면 유연해지고 쓰지 않으면 삐걱댈 수밖에 없으니까요. 갑자기 몸의 고장을 호소하는 이들은 대부분 갑작스럽게 병과 마주한 것이지, 갑작스럽게 몸이 변화한 것은 아닐 겁니다.

식사, 운동, 수면 등 잘못된 습관이 생활 패턴으로 고정되어 쌓이게 되면 결국은 무너집니다. 그러니 '갑자기'라는 것은 없는 겁니다. 또 타고난 체력이 좋다 한들 중년의 나이까지는 잘 버틸지 몰라도 그 이후 삶의 질은 장담할 수가 없어요. 체력과 젊음이라는 것은 한계가 있으니까요.

운동을 꾸준히 하지 못하는 이유로 가장 많이 언급하는 것은 '시간이 없다'입니다. 더불어 가장 많이들 이야기 하는 것은 '의지가 없다'입니다. "나는 의지력이 부족해서 잘 안 돼."라고 합니다.

그 누구에게도 하루에 48시간이 주어진다거나 끊임없는 의지가 충전되는 신체 기관이 별도로 있는 것은 아닐 겁니다. 시간과 의지는 누구나 있으니 그것을 잘 활용하면 됩니다. 무언가를 할 때 매번 고민을 하는 것은 속에 있는 의지를 때마다 시험대에 올리는 것과 같아서 마음이 참 고단해집니다. 자주 의지를 꺼내서 시험하니 피곤하고, 게다가 그 과정 속에서 '의지가 부족해졌다'라고 느끼게

되고요. 간단 명료하게 고민하는 과정을 삭제하면 마음부터 편해집니다.

예를 들어 운동을 하고자 시도하고 멈추고 또 다시 하려고 하면 매번 의지를 다져야 합니다. '할까'와 '하지 말까' 사이에서 갈등이 떠오르면서 의지력을 동원해야 하니까요.

근데 운동을 꾸준히 하는 사람은 의지를 달리 불러오지 않고 대부분은 바로 운동을 하러 갑니다. '하지 말까'가 생략되었으니 의식하지 않고 그냥 하는 겁니다. 습관이 형성된 겁니다. 이렇게 습관이 되면 대부분 의지 없이도 그냥 하게 됩니다.

오늘 아침을 떠올려 봅니다. 아침에 눈을 뜰 때 매번 상쾌하지는 않아요. 하지만 컨디션에 대한 생각을 굳이 하지 않고 일단 일어납니다. 이미 일어나서 물을 한 잔 마시고 씻기 위해 욕실로 들어섭니다. 잠이 덜 깨더라도 의식 없이 자연스러운 행동들을 연이어서 합니다.

그리고 가끔은 토요일에 늦잠을 늘어지게 자다가 일어나야 하는 시간에 벌떡 일어나기도 합니다. 습관적으로요. 습관은 몸에 오랫동안 배어 있어서 의식이 없는 상태로도 자연스럽게 되어가는 자동반사적인 행동들입니다. '당연하게 하는 일'이 되어 의지력을 동원하고 말고 할 겨를 없이 일단 움직이게 해줍니다.

모두가 알면서도 왜 습관을 만들기 어려울까요? 행동은 마음에서 기인하기 때문에 습관을 만들려면 일단 마음을 다져야 합니다. 그때 '의지'를 써야 합니다. 운동 습관을 들이려면 일단 운동을 하고자 하는 마음을 불러와야 합니다. 결국 운동을 할 의지가 없다는 것은 사실 운동보다는 그 외의 일들에 더 마음이 가 있기 때문입니다. 집에 가서 발 뻗고 누워서 맥주 한 잔을 마시며 영화를 보는 일, 친구들과 수다를 떨며 맛집을 찾는 일에 더 마음이 가 있다는 거에요. 그리고는 그에 합당한 이유들을 만들기 시작하지요.

어쨌든 맥주를 마시며 영화를 보고 친구와 수다를 떨며 맛집을 탐방하는 일은 즐겁습니다. 운동과 여가의 경우만이 아니라, 해야만 하는 일 앞에서도 우리는 내가 지금 편하고, 즐겁고, 좋아하는 일만 추구하려고 할 때가 있습니다. 대신 내가 해야 할 일과 나에게 필요한 일을 하려는 마음을 먹어야 합니다. 그 가치를 추구하는 것이 더 값진 일이기에 단순한 즐거움과 편안함을 내려 놓을 줄도 알아야 합니다. 모든 것이 그렇듯이 하나를 얻으려면 하나를 놓아야 하니까요.

시간이 지나면 내가 마음 먹은 행동들에 대한 대가가 응당히 따라오게 됩니다.

세상은 넓고 다이어터는 많습니다. 멋진 몸매의 누군가를 보거나 그 어떤 자극을 받았을 때 당장 단식이라도 할 것처럼 호들갑을 땝니다. 조금 진정하고 나면 말합니다. 다이어트는 내일부터! 뱃살이 부쩍 더 늘어난 동료는 몇 번 놀림을 당할 때는 얼굴을 붉히며 다음 주부터 운동을 할거라는 말을 하지만 이제는 익숙해지고 제법 당당해져서는 놀림에도 아랑곳지 않습니다. 더 이상 운동할 생각은 없어 보입니다. 허리가 아프다는 친구는 통증 때문에 다음 달부터 스트레칭이나 요가라도 시작해야겠다고 합니다. 그리고 다음에는 더 큰 통증을 달고 나타나서는 좀 나아지면 운동을 시작할 거라고 합니다.

결과는 지금 당장 실행을 하느냐, 그림의 떡만 보고 열의만을 다지다가 열의에 지쳐 쓰러지느냐에 달린 겁니다. 각자가 스스로 선택하고 결과는 다르게 나타날 겁니다.

변화된 나를 소망하고 있나요? 사람이 잘 바뀌나요? 한 번에 되지는 않습니다. 가장 좋은 방법은 의식의 흐름대로 움직이고, 되도록 차곡차곡 습관을 만들어 가는 겁니다. 그럼 먼저 마음을 바꿔야 합니다. 누구를 위해서가 아닌 나 자신을 위해 마음을 바꿔 봅니다. 마음은 당신을 움직이게 합니다. 반복된 움직임이 습관이 되고 습관은 당신을 바꿔놓을 겁니다. 습관이 형성되면 이제 의지는 크게 필요하지 않아요. 의식은 이미 사라지고 없을 겁니다.

건강한 몸에는 건강한 마음이 깃들고 다시 순환됩니다. 다른 좋은 행동을 하게 만들고 좋은 습관이 생길 겁니다. 꼭 운동이 아니라 할지라도 당신이 일상을 살며 만들어 둔 좋은 습관은 당신의 삶에 많은 영향을 주게 됩니다.

멋진 몸을 가지고 건강한 삶을 살아가는 것은 멋집니다. 특별해 보여요. 특별한 삶은 그들이 만들어낸 반복된 일상에서 나옵니다. 나는 가질 수 없다고 말하며 좀 덜 먹을 걸, 운동할 걸 하고 후회하는 시간을 줄이고, 할 수 있는 일에 매진하세요. 당신도 충분히 할 수 있는 일입니다.

습관의 힘은 셉니다. 때로 당신의 의지보다 큰 힘을 발휘하게 되고 당신 인생의 방향을 바꾸기도 합니다.

이왕이면 즐겁게

> "사는 방법은 두 가지가 있다. 되는대로 그냥 저냥 살아가는 것, 아니면 인생에서 무언가를 이루기 위해 더 나은 길을 찾아 성실히 사는 것이다."
>
> _헉슬리. 생물학자의 생각. 1923년

"운동을 하자!" 외치면, "대체 왜?" 하는 답변이 돌아올 수도 있습니다.

푹신한 소파에 앉아 있는 것이 운동을 하는 것보다는 편하고 쉬운 선택입니다. 맛있는 음식이라도 먹은 뒤라면 이 보다 더 행복할 수는 없습니다.

운동을 즐기고 좋아해서 대개의 경우 운동하는 내일을 상상하며 잠들기도 하고요. 벌떡 일어나서 자동반사적으로 운동 가방을 메고 센터로 갈 때가 많습니다. 하지만 매번 그러지는 못해요.

업무에 시달리며 하루를 보내고 난 뒤 퇴근 시간이 다가오면 운동 센터에 가서 열심히 운동하는 것과 친구들과 맛있는 안주를 펼쳐 놓고 맥주를 마시는 것 사이에서 고민을 할 때도 있고, 주말엔 늘어지게 잠이나 자면서 뒹굴까 하는 생각이 드는 경우가 한두 번이 아니에요. 마음이 교차할 때가 있습니다.

한 번씩 일탈을 하기도 하지만 운동을 가야 한다는 생각이 들면 이미지 트레이닝을 하기도 하고 스스로 의욕과 텐션을 올려주기 위해 노력합니다. 운동이 보다 적절한 도움이 될 것이라는 것을 알거든요. 운동의 장점을 좀 더 생각하는 날은 가게 되고, 단점을 반복해서 되뇌이는 날은 결국 가지 못합니다. 운동할 때의 재미있는 요소, 땀을 잔뜩 흘리고 나서 샤워를 마친 후의 그 개운함을 생각합니다. 그리고 오늘의 운동 끝에 내 컨디션과 체력의 +1 상승을 생각합니다.

결국 내 마음대로 몸이 움직이는 겁니다. 근데 그 재미와 개운함, 성장하고자 하는 마음은 어디서 나올까요? 즐기는 마음입니다. 잘해서 즐겁냐 하면 딱히 그렇지도 않습니다. 잘하고 못하고의 문제가 아니에요. 잘하고자 하는 마음이 비집고 들어오면 불평불만이 생기는 날도 있습니다. 내 비루한 몸에 대한 고찰을 하게 되는 날도 오고요. 몸이 마음대로 움직여 주지 않는 날에는 '내가 무슨 부귀영화를 누리려고 이러고 있지?' 하면서 한숨을 푹 쉬기도 합니다. 하지만 즐기다 보면 좀 부족해도 덜 힘들고 그저 매일 매일 즐겁습니다. 몸이 가볍고 마음이 상쾌해지거든요. 잘하지 못해도 결국은 한발씩 성장하고요. 즐기고 좋아하는 마음은 장점을 돋보이게 하고 재미를 찾게 합니다. 수영을 하는 동안 몸의 유연함, 하고 난 뒤의 상쾌함, 체력의 유지 등 긍정적인 면들이 끊임없이 생각하게 만들고 어느새 수영을 하고 있어요. 몸과 마음의 긍적적인 순환작용이 시작되는 겁니다. 이것은 다른 운동의 경우도 마찬가지입니다.

즐기지 못하면 싫은 마음이 들어서게 되고 재미도 없고 각종 부정적인 측면을 불러옵니다. 입수 전 샤워를 하는 귀찮음, 몸의 온도보다 낮은 물 속에 들어갈 때의 차가움, 좀처럼 늘지 않는 내 실력, 그리고 목 끝까지 알싸한 맥주 한 잔과 치맥이 낫지 하는 생각으로 꽉 차게 됩니다.

재미를 찾고 즐기는 마음과 즐기지 않고 밀어내는 마음은 결국은 다 내가 만들어 내는 겁니다.

원하던 원치 않던 우리는 해야만 하는 일들이 있습니다. 원치 않는 일이 주어지면 즐겁지 않기 마련이죠. 해야 하는 일을 미루면 그것을 해낼 때까지 내 꽁무니를 쫓아옵니다. 실수라도 하면 잔소리가 따라오고요. 그때도 같은 주술을 겁니다.

'어차피 해야 하는 일이라면 이왕이면 즐겁게 하자. 잘하면 더 좋고'라고 주문을 겁니다.

운동을 하는 것은 사실상 자유로운 선택권 안에 있습니다. 하지 않아도 그만인 것이죠. 어떤 사안이 강제성을 띄게 두고 억지로 한다는 생각이 드는 순간 묘하게 거부감이 발생합니다. 스스로 움직일 수 있도록 재미와 즐거움을 찾아야 해요.

이렇게 해서라도 운동을 하는 이유가 뭘까요? 저마다의 운동 목적은 다르지만 운동은 확실히 삶의 질을 향상시켜 줍니다. 건강하지 못한 사람에게는 좀 더 단단한 몸을 선사하고, 체중 조절을 원하는 이에게는 다이어트가 용이하도록 도와줍니다.

체중 감량을 위한 다이어트를 할 때도 마찬가지로 좀 더 즐기면서 한다면 성공 확률이 높아집니다. 내가 먹고 싶은 음식을 마음대로 먹지 못하고 살을 빼려고 내가 이렇게까지 힘들게 운동을 해야 한다는 부정적인 생각을 덜어버리고, 나는 곧 더욱 아름다운 몸매로 거듭날 것이고 건강한 식습관을 가지게 될 것이며, 내가 원하는 옷을 자유롭게 입을 수 있다고 긍정적인 생각을 한다면 힘든 다이어트 기간을 좀 더 수월하게 보낼 수 있습니다.

소량의 음식이라도 수고하는 나를 위해 예쁜 접시에 내어 놓거나 좋아하는 운동복을 입고 운동을 해 보세요. 좀 더 신나는 마음으

로 임할 수 있습니다.

　운동을 즐긴다고 하더라도 꾸준히 운동을 하는 것은 다이어트를 하는 것만큼 어렵습니다. 그럴 때도 즐거운 음악으로 내 기분을 돋궈주고 운동의 긍정 효과를 생각하면 좋습니다. 그리고 운동한다고 고생하는 나를 위해 "나 참 멋지잖아" 하고 격려해 주면 좋아요.

　집에서 혼자 운동을 하더라도 무릎이 툭 튀어나오고 목이 늘어난 티셔츠를 입을 것이 아니라, 좋아하는 운동복을 잘 차려 입고 해 보세요. 그리고 운동하느라 고생하는 나를 위해 건강한 음식도 차려주고요. 적당한 보상이 따라야 운동 생활에 활력이 생기고 즐거워집니다. 꾸준히 하다 보면 성취감이 생기고 자존감도 상승합니다. 모든 일은 내 마음에 달렸습니다.

　일을 할 때도 마찬가지입니다. 힘든 업무를 고생 끝에 완료하고 나면 스스로에게 적당한 휴식을 취하게 해 주고 보상을 해 주는 것이 좋습니다. 꼭 금전적인 보상이 아니라도 좋습니다.

　어차피 가야할 길이라면 힘들더라도 이왕이면 즐겁게 가는 방법을 찾아보면 어떨까요? '잘하면 좋고'라는 생각으로 최선을 다하면서요. 그리고는 결승선에서 나에게 말해 주세요.

　"너 참 잘했어. 고생했어. 수고했어." 하고 어깨를 토닥여 주는 겁니다.

나를 위로하는 가장 안전하고 확실한 방법

가족, 오래된 친구, 살갑게 지내는 동료라 할지라도 정확하게 생각이 일치하고 서로를 백프로 이해하는 사람은 없습니다. 나 자신도 이해가 안 될 때가 부지기수인데, 하물며 타인을 어떻게 완벽히 이해할 수 있을까요? 심지어 수십 년을 봐 온 가족이라 할지라도 '아니, 내 동생에게 이런 부분이 있었어?' 하고는 새로운 모습을 볼 때가 있습니다. 서로 다름을 알고 받아들이고 나면 이전보다는 좀 더 편해집니다.

내 얘기를 털어놓고 싶은 날이 있어요. 위로를 받고 싶은 날이 있어요. 누군가에게 기댄다는 것은 어떻게 보면 위험한 일입니다. 어렵사리 이야기를 털어놓고 나서는 다시 주워담고 싶었던 기억이 있지 않나요? 위로를 받고, 상처를 지우고 싶은 날에 '온전히' 이해받지 못해서 되려 상처가 덧나는 일들이 생기곤 합니다.

그런 날에 우리는 이런 친구를 상상합니다. 끝이 날 것 같지 않
는 한탄스러운 일을 풀어놓는 나를 바라보며, 이야기를 하는 내내
다정하고 애정이 가득 담긴 눈으로 바라보며 조용히 들어주는 친구.
자신의 기준으로 쉽게 나를 재단하지 않으며 그저 그랬었냐고 아팠
겠다고 눈으로 대꾸를 해 주며 잘 들어주는 사람들에게 우리는 위로
받습니다.

우리는 타인에게 내가 어떤 사람인지 이해받고 싶어합니다. 이
해받지 못한다고 생각할 때 외로움을 느끼게 되고요. '정말 나를 온
전히 이해할 수 있는 사람이 있었으면 좋겠어' 하고 생각해 봅니다.
살아 보면 그런 사람이 단 한 명이라도 있는 것이 얼마나 큰 행운인
지를 알게 됩니다. 그리고 내가 누군가에게 그런 사람이 될 수 있을
까요? 쉽지 않습니다.

서로를 완벽히 이해하지 못하기에 조금의 거리를 두고 다름을
인정하며 이해하려고 노력해야 합니다. 사랑하는 사람들과도 적당
한 거리가 필요하고 예의를 지켜야 합니다.

누구에게도 다 털어놓지 못하는 혼자만의 고민을 짊어진 날, 마
음이 넉넉하지 않은 날, 이해를 받지 못해서 외로움이 사무치는 그
런 날에는 수영장을 갑니다. 수영장 물 속으로 풍덩 들어가서 물 속
에 몸을 맡겨 봅니다. 공기가 가득 차 있는 세상 밖과 달리 물 안이

고요하다는 것을 느껴요. 천천히 수영을 하면서 내 몸에 집중을 하다 보면 물이 나를 위로하고 내가 나를 토닥이는 것 같습니다. 고요하게 내 이야기를 들어주고 나를 크게 안아 주는 것 같습니다. 나를 위로하는 가장 안전하고 확실한 방법임을 압니다.

결국 그 누구에게도 기대지 않아도 될 만큼 단단한 마음 근육을 만드는 일은 각자의 몫이라는 것을 알게 됩니다.

열심히 말고, 그냥

절 운동을 하는 동안 스님은 절 운동에 심취한 한 젊은이를 유니크하게 생각하셨지요. 절 운동에 빠진 천주교인이라니 더 없이 재미있는 대화 상대라고 생각하신 것 같습니다.

가끔 불러 앉히시고는 주옥같은 말씀들을 해 주시곤 했어요. 법당과의 인연이 길게 이어지지 않았지만, 그때 스님이 지나치듯 해 주신 말씀들은 지금 내 삶의 가치와 기준들 속에 고스란히 녹아 들었습니다.

"그래 무엇 때문에 그렇게 절을 열심히 하는 거야?"
"답답하고 숨이 막히는데 숨이 뚫린다고 해서요."
"뭐가 그렇게 답답한 거야?"

"열심히 하는데 마음 같지가 않아서요."

"본인 마음대로 안 된다는 거지? 근데 원래 본인 마음대로 안 돼."

"네, 근데 속상하잖아요."

"왜 열심히 하는데?"

여기서 일단 당황하며 말문이 막혔어요. 왜 열심히 하냐고 물으시다니, 당연히 열심히 살아가야 하는 것이 아닌가 하고 생각했습니다.

"아……. 네? 열심히 사는 것이 당연한 것이 아닌가요?"

"그러니까 왜 열심히 사냐고?"

"그게, 그러게요. 저도 잘 모르겠습니다."

응? 그러고 보니 그래요. '열심히', 그리고 '잘' 하라고 교육을 받고 삽니다. 열심히 해서 훌륭한 사람이 되어야 잘 먹고 잘 산다는 것이 귀에 딱지가 앉도록 듣고 자라게 됩니다. 근데 왜 열심히 하는지 딱히 생각해 본 적이 없더라고요. 그저 열심히 하라니까 그렇게 산 겁니다. 혼란스러움에 멍하니 앉아 있었어요.

"그냥 해."

"네?"

"열심히 하지 말고 그냥 하라고."

"네……."

"무슨 말인지 모르겠지?"

"네."

"아침에 알람 몇 번 맞추고 일어나?"

"못 일어날까 봐 여러 번 맞춰 두고 몇 십 분이 지나서야 일어납니다."

"그래 다들 그러지. 그냥 일어나."

"네?"

"알람 울리면 그냥 한 번에 일어나라고. 울리면 일단 끄면서 생각을 하잖아. 일어나기 싫고, 출근하기 귀찮고 좀 더 자고 싶고, 이러다가 또 다시 눕고 그러잖아. 그냥 생각하지 말고 일어나라고."

"아, 생각을 하지 말고……. 네.

"잘 하려고도 하지 말고 열심히 하려고도 하지마. 그러니까 힘들어지는 거야. 흐르는 대로 그냥 살어."

"네, 알겠습니다."

대답은 했지만, 처음엔 잘 이해하지를 못했고 이해를 하고 난 뒤에도 마음처럼 잘 되지 않았습니다. 지금도 마찬가지예요. 하지만 늘 되새기려 합니다.

"내가 질문 하나 해 볼까?"

"네, 스님"

"길을 지나가는데 길거리에 누가 쓰레기를 버리면서 갔어. 그럼 욕을 하면서라도 쓰레기를 주워서 쓰레기통에 대신 버리는 게 나을까? 아니면 지나쳐 가는 편이 나을까?"

"당연히 전자죠. 길거리에 있는 쓰레기를 쓰레기통에 버려 주는 편이 나을 것 같습니다."

"그래, 쓰레기를 대신 버리는 게 낫지. 근데 욕은 하지마. 버릴 거라면 그냥 주워서 버리면 돼. 욕을 할 거면 그냥 지나쳐 가는 편이 나아. 하려면 좋은 마음으로 해야지. 좋은 마음으로 그저 쓰레기를 대신 버려 주면 내 마음에 좋은 것이 쌓이니 그게 복이야. 그게 복을 짓는다는 거야. 대신 버려 주면서 욕을 하면 쓰레기는 버렸지만 나쁜 마음이 일었잖아. 내 안에 나쁜 마음을 쌓을 거라면 안 하는 편이 낫지."

어떠한 상황이나 일에 임하는 자세에 대해서 생각하게 만드는 말씀이었습니다. 사람도 마찬가지고요. 뜨끔했습니다. 특히 남의 일을 대신할 때 묵묵히 또는 친절히 행하는 듯하며 내심 불평 불만을 쏟아내곤 했지요. 자발적인 행동이 요구될 때에도 때로는 남의 눈치를 보기도 하고, 불만을 담아두기도 했어요. 이후로는 마음이 일어나서 스스로 하게 되는 행동에는 진정한 마음을 담으려고 애씁니다. 하지만 아직 부족한 나이기에 선한 마음이 일지 않는다면 하지 않는 쪽을 택합니다. 스님께서 해 주신 말씀들은 간단한 듯하나 막상 닥쳐서 행동으로 옮기려 하면 생각보다 쉽지 않다는 것을 알게 됩니다.

진심으로 살되, 매일을 그냥 살아가며 흐르는 인생에 몸을 맡기는 내공은 대체 언제쯤에나 쌓이는 것일까요?

우산과 두꺼운 옷을 준비한다는 것

"나 사업을 해 보려고 해. 어떻게 생각해?"

동생이 단박에 지금은 때가 아니라고 합니다.

"더 나이가 들어서 은퇴 후에 치킨을 튀기고 싶지는 않아, 어차피 은퇴 후를 걱정할 거라면 조금이라도 젊을 때 실패를 맛보는 게 낫지 않겠어?"

"이미 결정한 것 같은데, 왜 내 의견을 물어보는 거야? 어차피 누나는 진행할 거잖아."

냉철한 오빠 같은 나의 동생은 이미 내 속을 뻔히 들여다 보면서 말합니다.

결국 듣지도 않을 의견을 무엇 하러 물었던 걸까요? 아마 듣고 싶은 얘기라도 해줄 거라고 기대했나 봅니다.

내 사업의 꿈을 키우며 조금씩 저축을 하며 기다렸지만 지금은 시기가 아니라는 것을 내심 알고 있었던 것 같습니다. 동생 말이 옳다는 것을요.

하지만 나는 긴긴 프로젝트에 지쳐 있었고 더 이상 이렇게는 일할 수 없다고 생각했어요. 이렇게 일에 치여 일하다가 호호 할머니가 되면 회사에서 쫓겨날 것이 분명하다고 생각했어요. 현실 도피와 미래에 대한 막연한 불안감으로 총체적인 합리화를 해가며 이미 마음은 저 멀리 떠버렸고 말리는 동료들을 뒤로한 채 호기롭게 사직서를 던집니다. 모든 직장인들이 꿈꾸듯이 그렇게 말입니다. 그때는 그게 마치 대단한 멋짐이라도 되는 양 허세를 부리면서 회사를 박차고 나왔습니다.

당장 힘든 곳에서 뛰어나오고 싶었던 소인배는 한치 앞을 보지 못하고 그렇게 사업이라는 새로운 전쟁터로 뛰어듭니다. 무계획과 용기로 가장한 무모함으로 무장한 채로요.

모아둔 돈으로 될 줄 알았는데, 너무 타이트하게 예산을 잡은 겁니다. 사업의 특성상 변수를 고려해야 했는데 그렇지 못했어요. 일단 일을 저지르고 나니 변수들이 보였고 자금이 턱없이 부족하다는 것을 알았어요. '준비를 더 했어야 했어.' 하고 이제 와서 생각해봐야 소용이 없습니다.

부족한 사업 자금을 위해 뒤늦게 대출을 받으러 뛰어다녀야 했고, 회사를 그만둔 뒤라서 대출을 받기는 더욱 어려웠습니다. '이럴 줄 알았으면 사직서를 내기 전에 대출이라도 받아둘 걸.' 후회의 연속이었습니다. 부족한 자금 탓에 조금 쉬고 일을 계획하면서 쓰려던 생활비까지 끌어 모아야 했던 터라 준비할 시간이 더욱 부족해졌습니다. 시간을 쪼개서 24간을 48시간으로 쪼개 쓰는 생활이 시작되었습니다. 시작을 하기도 전에 이미 진이 다 빠지는 것 같았지요. 시간과 자금에 쫓겨 진행하다 보니 모든 선택들이 미흡하게 결정되어 갔습니다. 준비되지 않음이 여실히 드러났고 내 눈에도 어설펐어요. 너무 큰 일을 쉽게 결정해 버리고 그렇게 고난의 길로 뛰어들었어요.

어쨌든 그렇게 나는 수제 디저트 카페 사장님이 되었습니다. 전후 사정을 알 리 없는 지인들은 '이야, 사장님~.' 하며 내 어깨에 잔뜩 뽕을 넣어 주었습니다. 오픈을 하고 나니 한시름이 놓인 듯 했고, 앞으로는 더 큰 폭풍이 몰아칠 것이라는 예견을 하지 못한 채로 처음에는 마냥 좋았습니다. 나는 그토록 열망하던 사장이 되었고 구멍가게처럼 작은 사업이지만 모든 결정을 내가 할 수 있었고, 아무도 나에게 명령하지 않았으니까요. 하지만 그만큼 큰 책임이 따랐고 여러 가지 일을 해내야 했으며 많은 상황들에 대응해야 했습니다. 발등에 불이 떨어지기 시작한 것이죠. 사업을 하면서 발생하는 일들은 직장에서 당면하는 문제들보다 변수가 컸고 날씨가 좋으면 날씨가 좋아서 고민이 발생했고, 날씨가 궂으면 궂은 대로 마음이 편치 않았습니다. 금전적인 문제를 해결하고 나면 사람 문제가 생기곤 했고요.

당연한 일이지만 준비가 부족했던 사업이, 과정이 순탄했을 리가 없습니다. 지금 이 순간, 사업을 잘하는 방법보다 사업이 실패하는 확실한 방법에 대해서 많은 이야기를 할 수 있게 되었으니까요. 나날이 버거웠어요. 그리고 그토록 벗어나고자 했던 직장 생활이 안전한 울타리라고 생각하는 날이 올 줄 어찌 알았을까요. 회사가 전쟁터라면 회사 밖은 지옥이다라는 말이 절로 떠올랐어요.

다시는 회사라는 곳에 발을 들이지 않을 것처럼 의기양양하게 퇴사를 하고 사업을 시작했으면서, 나는 사업 유지를 위해 회사를 다시 입사해야 했습니다. 사업은 버티기라고 합니다. 열정은 넘쳐났으나 버틸 자금이 모자랐습니다. 이제는 내 한 몸뿐만이 아니라 직원들을 건사해야 했고 책임감이 나를 짓눌렀습니다. 선택의 여지 없이 투잡족이 된 겁니다.

반대하던 동생에게 호언장담한 터라 가족에게 의논을 하거나 차마 도움의 손길을 요청할 수도 없었습니다. 어리석게도 실수를 인정하고 싶지 않았던 겁니다. 어떡해서든 혼자서 일어서야겠다고 다짐했어요. 사업과 병행하며 회사를 다니는 나날들은 인간의 한계를 계속 시험하는 느낌이었습니다. 회사에 출근해서 해가 저물면 퇴근을 하고 매장으로 출근을 해야 했어요. 바리스타가 부재이면 커피를 내리고, 디저트를 담당하는 직원이 부재이면 새벽까지 빵과 케익을

굽고는 남들이 일어나는 새벽 시간이 되어서야 퇴근을 할 수 있었어요. 잠깐 눈을 붙이면 다행이고 샤워를 하고 바로 회사를 가는 날도 비일비재 했습니다. 지옥 불에 떨어져서 평생 노동하는 벌이 내려진 다면 이런 느낌일까 하는 생각이 들었어요. 벌을 받고 있는 것 같은 나날들을 보냈습니다. 그렇게 꼬박 2년이 넘는 시간을 보냈어요.

시작한 김에 어떡해서든 버텨 내야겠다는 생각으로 이를 악물 었습니다. 미흡한 준비로 시작된 사업의 상황은 갑자기 변하지는 않 았지만, 버티고 노력하다 보니 문제들은 다행히 하나 둘씩 해결되어 갔습니다. 사업은 어느 정도 안정적인 궤도에 오르기 시작했고 비로 소 성장했습니다.

사업 확장을 고려하면서 돌연 폐업으로 생각이 변경되었습니 다. 그것은 무리의 무리를 거듭한 뒤의 내 몸 상태 때문이었어요. 2 년 동안 끼니를 거르고 잠을 줄여가며 죽음의 투잡 레이스를 달렸으 니 당연한 결과입니다.

영양도 수면도 마음도 채우지 못한 날들을 몇 년 동안 정신력 으로만 버틴 겁니다. 힘들다는 생각을 할 시간도 없는 나날들이라고 생각하며, 나는 가장 중요한 내 건강과 마음을 고이 접어 서랍의 아 래 칸 깊숙이 보이지 않는 곳에 넣어두고는 살펴보지 않고 쉼 없이 내달렸습니다. 고스란히 내 마음을 다해 몸을 썼습니다. 미흡하고 고집스러운 주인 탓에 몸이 고생을 한 겁니다.

상황이 호전되어 가다 보니 이제 몸이 힘들다고 호소를 합니다. 빠른 생각의 정리가 필요했습니다. 힘든 과정 속에서도 절대 손을 놓지 않으리라 했지만, 다각도로 고민을 해 보고 난 뒤 결국은 정리 수순을 밟았어요.

어떤 것이 문제였었는지 정리를 하고 난 뒤에 숨을 고르며 털고 일어나려 했어요. 몸이 아프니 마음까지 덩달아 아파왔습니다. 설상가상입니다. 일어나서 다시 갈 길을 가야 하고 이렇게 움츠려 있고 싶지 않은데, 내 마음은 꼼짝달싹 않겠다고 했어요.

'이렇게 그만둘 줄 알았으면 그렇게 애쓰지나 말 걸 그랬어.'

누가 그만두는 것과 실패를 염두에 두고 달려 나간답니까? 헤어질 것을 염두에 두고 연애를 하지 않잖아요. 말도 안되잖아요. 마음이 내려앉으니 어둠 속의 그림자처럼 잔뜩 다크한 에너지를 뿜어대며 별별 부정적인 생각들을 하면서 보냈어요. 그러니 밥맛도 좋을 리가 없습니다. 무기력한 나날들이 지속되고 몸은 말라갔어요.

머리로는 '이러면 안 되는데…….' 하고 끊임없이 생각하면서도 몸과 마음은 미동도 하지 않았습니다. 점점 밀려드는 좌절감과 미련에 이리 저리 치이며 정말 아무것도 하고 싶지 않았어요. 아무것도 하지 않았습니다. 한동안 그렇게 침대와 물아일체가 되는 날들을 보내고서야 솜뭉치처럼 가라앉은 내 꼴이 더 이상 보기가 싫어졌고 더 이상 두어서는 안 되겠다는 생각이 들었지요.

왜 이렇게 힘들까

지친다 정말

"안 되겠다. 더 이상은 안 돼."

천천히 일어나서 이력서를 다시 정리하고 취업을 위한 구직 활동을 다시 했습니다. 재취업을 하고서도 한동안은 퇴근 후 잠만 자기를 반복했어요. 몸은 여전히 약한 상태였어요. 오로지 내게 주어진 해야 할 일만을 완료하는 것이 첫 번째 목표였습니다. 그것은 일이었어요. 한동안 하나의 미션에만 집중했습니다. 두 번째는 이제 몸을 쓰는 것이었습니다. 한 번에 하라고 닦달하지 않고 스스로에게 시간을 주고 기다려야 했습니다. 천천히 가야 한다고 생각했습니다. 이미 충분히 지쳐 있었으니까요. 아주 기본적인 것부터 하면서 몸을 풀어 갔어요. 운동 시간을 몸에 맞춰 조금씩 늘려 갔어요. 최대한 매일 잊지 않고 계속해 갑니다. 머리가 전달하는 얘기를 몸이 알아들을 때까지…….

오로지 몸의 움직임에 집중하려고 했고, 번잡한 생각이 들어오려 하면 무조건 일어나서 움직였어요. 최대한 생각을 적게 하고 몸에 집중했습니다. 그렇게 긴 시간을 들여 어두운 터널에서 빠져 나오게 되고 새로운 루틴을 만들며 생활에는 활력을 찾아갔고 웃음도 찾아갔습니다.

마치 늘 있던 그 자리로 돌아온 것 같았지요. 돌이켜보니 결국은 남들이 가지 않은 둘레길을 나 혼자 전력질주하고 온 것 뿐, 결국은 다시 그 자리에 선 겁니다. 같은 자리이지만 마음은 달라져 있었어요. 다른 사람과 다른 길을 가고 새로운 무엇인가에 도전하는 일은 칭찬할 만합니다. 그리고 최선을 다 하는 것은 중요합니다. 하지만 충분히 준비하지 않고 어떤 길에 뛰어드는 것은 무모합니다. 그것은 나에게 여유를 앗아가게 됩니다. 몸과 마음이 팍팍해지게 됩니다. 여유가 없으면 주변이 보이지 않습니다. 몸과 마음이 지치면 오래 달려갈 힘이 없어요.

여유를 가지고 마음이 말랑하도록 여유만만 준비가 되어 있어야 저 멀리 원하는 만큼 갈 수 있습니다. 이왕 가야 하는 길이고 내가 선택하고자 하는 길이라면 비가 오면 우산을 쓰고, 바람이 불면 더 두꺼운 옷을 꺼내 입을 수 있도록 우산과 두꺼운 옷은 미리 준비한다면 좋겠습니다. 우산을 쓰고 두꺼운 외투를 목까지 끌어당기고 걷더라도 힘든 일은 부지기수로 일어나기 마련이거든요. 하지만 길을 가는 동안 지치지 않도록 도와줍니다.

굳이 매끈한 길을 두고서 자갈길을 걸어가며 지옥의 레이스를 경험할 필요는 없어요. 몇 배나 힘이 들어갑니다. 부디 준비를 철저히 하세요. 가는 길이 한결 수월해지도록.

마음이 무너지지 않도록

내가 이런 일로 무너지는 것일까?

작은 일에 쉽게 좌절하고 마음을 다치곤 합니다. 엉기적대며 마음앓이로 병자처럼 침대에서 벗어나기 싫어서 끙끙거리는 날들이 있습니다. 이런 상태로 긴 시간을 보내면 좋지 않아요. 작은 것이 모이면 덩치가 커집니다. 무너지는 마음을 순간 다독이는 것은 차라리 쉬워요. 하지만 이미 무너져서 흐물거리는 몸에 다시금 튼튼한 중심축을 세우고 단단한 살을 채워가는 시간들은 훨씬 고됩니다. 몸이 무너지면 마음이 쉽게 다칩니다.

"시간을 더 지체하다가는 큰일이 나겠어."

곰팡내가 날 것 같은 집안을 헤집고 다니며 정리를 시작해 봅니다. 비싸게 샀다는 이유로 몇 년 사이 두어 번을 입고서는 덩그러니 걸려 있는 버리지 못한 옷가지며, 기억도 나지 않을 만큼 오래된 어린 친구들과의 추억이 담긴 편지들은 버리기가 쉽지 않아요. 몇 번의 이사를 다닐 때마다 들고 다니며 한 번을 꺼내 보지 않았다는 사실에 놀라며 세월만큼 낡아 버린 너덜너덜한 박스에 막상 열어 보면 이름도 기억이 나지 않는 친구에게 받은 편지가 수북합니다. 큰 마음을 먹고 싹싹 모아서 케케묵고 멍해져 버린 내 마음의 먼지와 함께 정리해 버립니다. 주방 서랍장을 열어 이런 것은 대체 언제 산 걸까 하는 물건들도 버려 보고요. 기억조차 나지 않는 마음에서 떠난 물건들을 정리하고 나면 마음이 한결 가벼워집니다.

막상 마음이 번잡할 때는 이상하게 정리도 잘 되지 않아요.

"무엇부터 시작할까?"

그러다가 손을 놓고는 시간을 보내고 맙니다. 집 정리와 마음 정리는 같아서 그 막막함에 어디서부터 해야 할지 모르겠다는 생각이 들면 시간을 지체하고 결국은 많은 시간을 허비하게 됩니다. 마음이라도 편하면 좋을 텐데, 정리해야 할 무언가가 있다면 똥마려운 강아지처럼 찝찝한 마음으로 전전긍긍하며 불편하게 시간을 흘려보내게 되잖아요.

바스락거리는 생각은 조금 접어두고 일단 벌떡 일어나서 작은 것부터 정리를 하기 시작합니다.

밀린 설거지 거리, 테이블 위나 서랍 위에 굴러다니는 잡동사니

들, 바닥에 그냥 던져둔 휴지들, 작은 것들부터 시작합니다. 하다 보면 물 흐르듯이 그 다음이 조금 수월해짐을 느껴요.

주변이 정리가 되면 머릿속이 한결 정리되는 느낌이 들고 생활에 활력이 만들어집니다. 널찍하게 공간이 생기고 나면 요가 매트를 탕탕 하고 펴고서는 몸을 쭈욱 늘려줍니다. 온 몸에서 삐그덕 대는 소리가 나지만 조심스럽게 천천히 움직여 주세요.

신나는 음악을 좀 들으며 좋아하는 음식을 챙겨 먹고, 나를 행복하게 만드는 것을 보러 나가며 광합성 타임을 가져 봅니다. 그리고는 기운을 모아서 운동복을 챙기고는 몸을 단련하러 갑니다.

단단한 마음과 몸은 한 순간에 만들어지지 않잖아요. 반복된 고난과 훈련 속에서 좌절감에 빠진 나를 뒤로 하고 단 한 발자국이라도 걸어나가야 1단계를 성공하는 겁니다. 그 다음 단계는 좀 더 수월해지고요.

오늘도 나는 봉투를 탕탕 털어 크게 입구를 벌리고는 입지 않던 옷을 한 가득 담아 버립니다. 유난히 힘든 날 자주 찾게 되는 착용감이 좋은 수영복을 꺼내고 좋아하는 그림이 그려진 수모를 챙기고 수영장에 갑니다.

좀 더 단단한 마음을 위해.

분노의 아드레날린 활용법

우리는 분노를 조절하고 화를 다스리는 노력을 하는 이 시대의 지성인입니다.

오후 7시, 친구들과의 신난 저녁 약속을 앞둔 날. 갑자기 상사가 내 뒤 쪽으로 쓰윽 걸어오는 느낌이 심상치 않아요.

"내일 오전까지 마무리하면 됩니다."

"O_O?"

그렇게 상사는 자료만을 획 던져 주고는 무심한 듯 시크하게 퇴장해 버립니다.

그래요. 나는 이 시대의 지성인이에요. 몰라요. 오늘은 포기하려 합니다. 마음 속으로(?) 심한 욕을 외쳐 보기도 하지만.

"휴, 부질 없다. 그냥 하자."

분노는 솟구치고 분노를 연료로 장착한 뒤 전문가답게 열정적인 키보드 워리어로 변신하여 일을 처리해 봅니다. 완료 메일을 보낸 뒤 컴컴한 사무실 등을 끄고 터벅터벅 나오는 길에 "지치네. 배고프다. 맥주 한 캔 할까?" 하는 생각들이 떠올라요.

하지만 내 안에 남은 분노의 아드레날린은 "아, 오늘은 날씨도 적당한데 한강으로 갈까? 페달질을 좀 해야겠어."라고 말합니다.

집에 와서 지치는 몸과 마음을 가다듬고 자전거에 펌프질을 하고 전조등, 후미등 착착 챙기고 헬멧을 쓰고 한강을 향해 봅니다.

울퉁불퉁 보도블록과 도로 위를 조심조심 지날 때까지는 그저 폭풍 전야의 잔잔한 마음이에요. 속도를 내기에는 좀 위험하기도 하고 길도 매끄럽지 않거든요. 내 기분 또한 매끄럽지 않고요. 그 순간 내 얼굴은 스트레스로 인해 한껏 중력의 힘을 받은 채로 처질대로 처져 있겠지요.

한강 자전거길로 진입하면서 편의점 앞에서 요기를 하는 사람들, 돗자리를 깔고 수다를 떠는 사람들이 보이기 시작해요. 벌써부터 기분이 살짝 좋아지기 시작해요. 자전거 도로가 저 너머에 보이면 뒤에서 자전거가 오는지 체크한 후에 안장에 폴짝 올라탑니다.

슬며시 속도를 올려 줍니다.

이 순간 갑자기 웃음이 씨익하고 나지요. 축 처졌던 중력 집중 얼굴은 온데간데 없이 말예요. 우리 몸에는 선천적인 보호장비가 있는 것인지, 제 몸의 웃음 장치가 고장이 난 것인지 모를 일이 일어난답니다. 이상하게도 힘들 때는 굉장히 심하게 웃음이 나와요. 마치 머리에 꽃을 단 언니처럼 웃음이 나오는 바람에 스스로도 당황스러워요. 페달에 가속이 붙으면서 스치는 바람에 너무 행복한 기분이 든답니다.

이건 정말 자동 반사적인 행동이라서 한강에서 누가 저를 보기라도 하신다면 이상한 여자라고 얘기하지 않았으면 좋겠다는 생각이 문득 드네요. 아니면 동질감을 느껴 주시려나요.

심장이 간질간질거리고 머리에는 헬멧을 썼지만 꽃을 단 마냥 헤죽거리면서 폭주(?)하게 된답니다.

지나가시다가 꽃 언니 모드인 저를 알아봐 주신다면 하이파이브 환영해요.

스팟- 하고 속도를 내면서 내달릴 때 아드레날린이 솟구치는 느낌을 좋아해서 잔잔하게 타고 가다고도 갑자기 스팟-하고 질주하고 다시 지쳐서 천천히 가고를 반복하곤 해요.

소리를 내진 않지만 몸통 저 깊은 곳에서 구오옹하고 무언가 용

볼쓰는 바람을 타고

오늘 이기여
미친 여자 당당

솟음치는 느낌이 들어요. 전율이 느껴지면서 짜릿한 기분이 들기도 하고요.

이렇게 스팟-하면서 질주하게 되면 허벅지도 폭발하면서 살짝 뻐근해지기도 하니 주의 부탁 드려요. 저는 사실 이 때 허벅지의 뻐근함도 너무 좋아요. 오해하지 말아줘요. 점점 운동 변태의 느낌이지만 직접 해 보시면 이해하게 되실 거에요.

평상시에는 평속을 유지하면서 타고, 분노의 날에 위와 같은 방법으로 타게 되는 것 같아요. 분노의 에너지를 거의 다 쓰고 힘이 빠져서 돌아오는 길에는 땀이 범벅이 되어도 살랑이는 바람에 기분이 좋아집니다.

돌아오는 길에 편의점에 들러서 맥주 한 캔, 좋아하는 핫도그 하나를 사먹기도 합니다. 그저 꿀맛이에요. 집에 돌아와서 시원하게 샤워하고 적당한 피로감에 꿀잠까지 자게 됩니다.

내일은 또 다른 스트레스가 나를 기다리겠지만, 쌓여있던 분노와 땀을 바람에 날려버리고 상쾌함을 가득 충전하면 몸과 마음은 한결 가벼워져요. 그렇게 '내일은 오늘보다 나을거야' 하고 스스로를 토닥여줄 수 있는 삶의 저력 지수를 한 단계 상승시켜 봅니다.

나를 지키는 적당한 거리

이직을 노렸습니다.

퇴근을 하고서 설레는 마음으로 면접 장을 향해 걸음을 재촉했어요. 드디어 저 멀리 빌딩이 보입니다. 무더운 여름 날이라 약속한 장소의 건물 1층 로비에 도착하니 땀을 너무 흘린 탓에 찝찝했고, 머리칼에도 습기가 덕지덕지 붙어있는 느낌이 들었어요. 서둘러 화장실을 찾아 모습을 확인했습니다. 아니나 다를까 머리카락은 갈라져서 떡지고 옷은 잔뜩 구겨져서 후줄근했어요. 아침에 곱게 화장한 얼굴은 땀으로 반은 흘러내리고 광이 좔좔 흐르는 상태였지요. 어쩌겠습니까? 최대한 매무새를 가다듬었어요. 심호흡 한 번 하고 화장실을 나와 면접 장소로 다시 발걸음을 옮깁니다.

"잘 하자. 그래야 지금의 전쟁터에서 나갈 수 있어!"

143

이글거리는 눈빛으로 문을 열고 들어섰습니다. 면접이 진행되는 동안은 생각보다 순조로웠고, 면접관은 그 간의 내 작업물이 담긴 포트폴리오를 보며 만족해 했습니다.

'생각보다 괜찮잖아? 느낌 좋아!'

사전에 살짝 귀띔을 받은 바로는 면접관은 해당 포지션의 직속 상관이 될 사람으로 꽤 까다롭다고 했는 데도 예상보다 나쁘지 않았습니다. 그것은 기우라고 속단했습니다. 이후의 대화가 오가기 전까지는요. 현재 함께 일하는 직속 부하의 험담을 하기 시작했기에 살짝 불편해지기 시작했습니다. 얼굴도 모르는 익명의 사람에 대한 뒷담은 듣기가 거북했어요.

"그런데, 결혼하셨어요?" 갑작스런 질문이 날아왔어요.

"아니요. 싱글입니다."

"난 결혼한 사람들이 안정적이라 생각해서 기혼자 선호하거든요. 그 부분이 아쉽네요. 성격에 문제가 있으신 건 아니죠?"

하고는 까르륵 웃습니다. 설사 내가 성격에 모난 점이 있다손 치더라도 면접관 앞에서 '네. 저는 성격 변태입니다.'라고 말할 리는 없지 않은가? 그리고는 연이어 질문을 합니다.

"부모님하고 사시나요? 혼자 사시나요?"

"독립해서 혼자 생활하고 반려묘와 살고 있습니다."

"고양이까지 키우세요?"

무언가 나를 블랙홀로 잡아 끄는 질문들에 혼란스러웠어요. 개인적인 질문이 지나치게 쏟아졌어요. 무례하다고 생각했습니다. 더 이상 정성을 들여 대답할 가치를 느끼지 못했어요.

"당신 지금 금 밟았어! 더 이상 넘어오지마" 하고 말해 주고 싶었어요. 하지만 최대한 나는 자본주의 미소를 머금어 보이며 최선을 다해 나름대로의 내공을 끌어올려 적절히 대답을 했습니다. 기본과 상식에서 벗어나는 일들은 사람을 기운 빠지게 합니다. 정말이지 진이 쏙 빠졌고 영혼이 가출한 것 같았습니다. 기를 쭉 빨린 느낌이었죠.

"너무 무례하잖아. 내 인생은 내가 알아서 할게요!"

답답한 마음에 허공에 말을 뱉고서는 지하철을 탔습니다.

집으로 돌아오는 지하철 안에서 이미 정해져 있는 답을 고민하고 또 고민했어요.

결국 최종 합격 통보를 받았지만 해당 회사에 입사를 하지 않았습니다. 당장의 현실이 고달프고 힘들었지만, 혹 하나 떼려다가 하나 더 붙이는 격이 될까 봐 겁이 났어요.

누구에게나 나름대로 삶의 기준이 있습니다. 나는 심지어 처음 본 사람에게 내 삶의 방향을 강요받고 싶지는 않았어요. 그 사람과 소통이 되지 않겠다는 것은 자명한 일이었습니다.

"상대방의 다름을 인정하지 않는 사람인데 업무적인 소통에도 반드시 문제가 생기겠구나."

　장소를 불문하고 상대를 이해하고 배려하는 대화 습관이 필요하다는 생각도 했습니다. 투덜거림이 새어 나왔고 기분이 상했지만 상처받지 않기로 했습니다.

　집에 도착하자마자 몸이 먼저 움직입니다. 자전거를 번쩍 들어 올려서는 계단을 내려갔어요. 한 칸 한 칸 내려가면서 가볍지 않은 자전거가 내 어깨를 짓눌렀어요. 자전거 무게보다 현실이 나를 짓누르는 무게가 더 버겁다는 것을 알았습니다.

　헬멧을 쓰고 전조등과 후미등에 불을 밝힌 뒤 살살 골목길을 지나쳐 나갑니다. 오늘은 페달을 전력질주 하듯이 밟지 않고 그저 숨 쉬듯이 조용히 발만 올려두고 아주 천천히 바람을 쐬며 한강을 누볐습니다. 한 여름 밤의 공기는 답답한 내 마음처럼 무거운 습기로 가득했어요. 습기는 나에게 달라 붙어 땀으로 흘러내렸고 이내 몸이 눅눅해졌습니다.

　집으로 가는 길에 작은 골목 시장을 지나쳤어요. 늦은 시간이라 다른 상점은 문을 닫은 채였는데 한 가게에서 형광등 불빛이 쨍하니 새어 나왔습니다. 만두 가게였어요. '이 더운 날 만두라니' 하고 지나치는데 냄새가 기가 막히는 겁니다. 홀린 듯 만두 집 앞에 자전거를 주차하고 고기만두 한 판을 주문했어요. 그제서야 막 허기가

지면서 아직 저녁을 먹지 못한 것을 깨달았습니다.

뜨거운 만두를 후후 불어 식히고는 입을 크게 벌려서 한입에 넣고는 오물오물 열심히도 먹어댔습니다. 땀을 뻘뻘 흘려 가면서요. 가게 구석의 낡은 선풍기에서는 미지근하고 습한 바람이 불어왔습니다. 단무지 하나도 남기지 않고 그릇을 싹 비우며 고기만두로 배를 채우고 나니 그제서야 "휴"하고 큰 숨이 내뱉어졌습니다.

"맛있네." 혼잣말을 하고는 웃음이 났습니다. 사는 것이 별 것 아니라는 생각이 들었어요. 마음이 한결 가벼워졌어요. 인적이 드물어진 시장 골목 주변을 몇 바퀴 더 돌다가 집으로 돌아갔습니다. 집에 와서 좋아하는 책을 펼치고는 몇 줄 읽다 보니 나도 모르게 잠이 들어버렸습니다.

다음 날은 생각보다 눈이 쉽게 떠졌어요. 나는 조금 일찍 출근했습니다. 늘 아재 개그를 날리는 동료의 농담에 오버를 해서 웃기도 하고, 이 사람 저 사람 붙들고 좋아 보이는 점을 마구 칭찬했어요.

"우리 회사는 원두 머신이 있어서 아침마다 커피값을 줄일 수 있어서 참 좋아."

"이발했나 봐요? 훨씬 잘 어울려요."

"와! 이거 직접 만드신 거에요? 금손이네요."

호들갑을 떨며 사무실을 누비고 다녔습니다. 오버 좀 하지 말고 진정하라는 동료의 말에도 아랑곳하지 않고 외계 별에 안착해야 하

so, relax

너나 잘하세요~

나나 잘하자

는 미생의 회사 장점 찾기는 그렇게 한동안 연이어졌습니다. 미미했지만 한동안 효과는 지속되었어요.

늘 최선만을 선택하지 못합니다. 차선책이 나에게 또 어떤 길을 안내할지 모를 일입니다. 그렇게 늘 그 다음 선택지, 그 다음 선택지가 내 자리가 되더라도 그 자리에서 묵묵히 자기 자리를 지켜 나가는 것, 그것이 당장으로써는 최선인 것입니다

앞으로도 모쪼록 잘 부탁드립니다.

성공적인 퇴사 전략

우리는 회사에 취업을 하려고 목숨을 건 사투를 벌입니다. 이력서와 자기소개서를 쓰고 필사적으로 자격증을 땁니다. 그렇게 입사를 한 뒤 회사 생활이 익숙해지면 퇴사를 희망으로 품게 됩니다. 마치 화장실 들어가는 마음과 나올 때 마음 다르듯이요. 그것은 목표가 단지 취업이었기 때문입니다. 취업만 하면 불행 끝, 행복 시작인가요? 이제 회사 생활이라는 본 게임이 시작되었을 뿐입니다.

그저 생기발랄했던 사회 초년생은 어느덧 '주윤 대리'가 되었습니다. 대리는 아직 생기발광적이었고 퇴근 후에 활발한 운동 생활 및 사교 생활을 위해 무모한 칼퇴근도 불사하는 다소 패기 넘치는 사원이었지요. 오늘도 눈치를 보아 하니 팀장님은 자리에 저대로 굳은 것이 아닌가 할 정도로 미동도 없어요.

"에라 모르겠다. 난 나다."

6시, 땡 하자마자 뻔뻔하게 자리를 박차고 일어나니 팀장님께서 말씀하십니다.

"김과장 저기 주윤 대리 자리에 스프링 설치되어 있는지 좀 봐봐. 매번 칼같이 6시만 되면 확 튀어 오르네."

모르겠다. 난 내 갈 길 간다. 아랑곳하지 않고 퇴근을 합니다.

"퇴근을 왜 눈치 보고 하는 거야? 난 내 일 다 했고, 퇴근 시간 후에는 여가 생활을 즐기고 싶다고."

퇴근 후 우리들은 단골 치킨 집에 모입니다. 동료 몇몇이 상사에게 호되게 당한 탓입니다. 우리들의 비밀스러운 뒷담화 자리는 새벽이 될 때까지 끝날 줄을 모릅니다. 우리는 별별 시시콜콜한 이야기들을 서로 공유하고 작은 일이라도 생기면 무슨 큰 대대적인 사건이라도 일어난 것처럼, 치킨 집에 모여서 술잔을 기울였어요. 일은 왜 이리 많이 주냐며 퇴사는 내가 먼저 할 거라고 서로 주장하며 의미 없는 대화들로 술자리는 깊어갑니다.

시간이 흘러 대리는 팀장이 됩니다.

"괜찮습니다. 저는 그런 역할에 연연하는 그런 사람 아닙니다.(나 팀장 안 할래요.)"

"그래? 그냥 해."

"네!"

그렇게 그냥 팀장이 되었습니다. 사람 좋고 너그러우며 일 잘하는 팀장을 워너비로 삼아 보며 출발을 하지만 사람이 좋으면서 일을 잘 하기란 힘들다는 것을 알게 되죠. 내 일도 버거운데, 팀원 관리와 스케줄도 정리해야 합니다. 다수를 위해 쓴 소리도 불사합니다. 그저 해야 할 일을 하는 데도 팀원들에게 미움을 받기도 합니다. 기준을 잡지 못하고 우왕좌왕을 하는 사이 오해를 받기도 하고요. 자리가 사람을 만든다고 대리일 때보다 팀장이 되면 강제 성장을 하기도 합니다. 하지만 더 넓게 보려면 또 시간이 필요하겠지요. 해내기는 하지만 그 와중에 잘 해낸다는 것은 더욱 어렵다는 것을 절감합니다.

열심히 하는데 더 열심히 하라고 합니다. 열심히 하니까 잘 하라고 합니다. 잘 하고 있는데 더 잘 하라고 하니까 미치고 팔짝 뛸 것 같아요. '집어 치울까?' 힘들면 수시로 가슴 한 켠에 숨겨둔 사직서를 꺼내 봅니다. 짜증나고 버겁고 힘듭니다. 왜 이렇게까지 힘들게 견뎌야 하는지, 언제까지 이래야 하는지 한숨이 나와요. 공짜로 되는 일이 없어요. 그 어떤 일도 쉬운 게 없다는 것을 점점 알게 됩니다. 하지만 비단 나뿐이 아니에요. 그리고 이곳뿐만은 아닐 겁니다. 경중의 차이는 있을 테지만 다들 비슷한 고초를 겪고 성장통을 겪습니다. 직장인, 주부, 학생 할 것 없이 모두 각각의 자리에서 힘이 듭니다. 사회 생활은 여전히 어렵습니다. 하지만 시간이 지남에 따라 좀 더 유연해지고 객관적이게 됩니다.

수영을 배우기 시작하면 처음에는 발차기부터 기본적인 것들을 차근차근 배워갑니다. 모든 영법을 배우고 나면 우리는 몇 달 안에 수영을 통달한 기분이 듭니다. 하지만 더 오랫동안 수영을 한 사람들은 압니다. 그때부터가 시작이라는 것을요. 끊임없이 교정을 해야만 영법 하나를 제대로 할 수 있습니다. 제대로 하면 다행입니다.

"아직도 강습을 받을 게 있어?"

한 번도 수영을 해 보지 않은 사람들은 간혹 그렇게 물어 봅니다. 그저 나아지고 개선되는 것이지 끝이 없는 교정 생활을 해 나갑니다.

인생도 마찬가지입니다. 스무 살이 되면 부모님에게 말하고 싶어져요.

"전 이제 성인이 되었으니 하산하겠습니다."

난 이제 다 컸으니 모든 것들을 내가 결정하고 싶어집니다. 막대한 책임들이 그 선택과 결정 뒤에 숨어 있는 것조차 잘 모릅니다. 경험을 하고 실패를 하고 나면서부터 그때부터 매일이 교정인 것을 살아가면서 알게 됩니다.

산 중턱에 서서 주변을 돌아다 보면 **빽빽**한 나무들에 가려 하늘이 다 보이지 않습니다. 그래도 울창한 나무들을 보고 있으면 이미 내가 산을 다 차지한 느낌이 들지요. 그곳까지 올라올 때도 충분히 힘들거든요. 산에 오르는 것처럼 인생을 알아가는 것도 딱 내가 지나온 세월의 눈높이만큼을 보고 있는 겁니다. 더 높은 곳으로, 정상으로 올라가면 탁 트인 하늘과 더불어 저 멀리 마을까지도 볼 수 있습니다. 더 넓게 펼쳐진 풍경들이 시야에 들어오며 더 많은 것을 볼 수 있습니다.

하던 일을 그만두려고 생각하는 이들은 한 번쯤 돌아봐야 합니다. 내 눈높이에서만 바라보고 있는 것은 아닌지, 여기서 벗어나면 그 문제가 해결될 것인지, 현실 도피를 하고 싶은 것은 아닌지, 이 울타리 밖의 현실을 정확히 인지하고 있는지, 나는 더 나은 곳으로 점프할 능력을 길러 두었는지 확인해야 합니다.

퇴사의 로망을 품었나요? 지금 당장 나의 현 상태를 점검해 봅니다. 뛰어봤자 벼룩인가요? 맙소사, 그렇다면 계획을 수정해야 합니다. 현재 자리에서 가장 잘 해결할 수 있는 방법을 찾아야 합니다. 현재에 최선을 다하고, 그리고 나서 이후를 도모해야 합니다.

도망을 위한 퇴사가 아니라 전략적인 퇴사만이 보다 나은 길을 열어줍니다. 구체적인 계획을 세우고 대비를 해야 해요. 눈높이를 높이고 능력을 키워야 합니다. 역량을 갈고 닦으며 기회를 엿보는 것이 최선입니다. 그리고 그 어떤 자리도 힘든 것은 마찬가지라는 것을 잊지 않았으면 합니다. 전략 없는 퇴사 프로젝트는 결코 성공할 수가 없습니다.

아뿔싸,
뛰어봤자 벼룩

혼자있고 싶은데,
다들 좀 나가줄래

　　오늘도 나는 눈높이를 키우고 점프를 시도하며 담장 너머를 기웃거려 봅니다. 하지만 아직은 아니에요. 이번 퇴사는 실패했지만, 성공적인 퇴사를 꿈꾸며 오늘도 나는 또 무심하게 출근하고 퇴근을 하며 업무에 매진합니다.

　　오늘도 퇴사를 위해 고군분투하는 당신을 응원합니다. 성공적인 퇴사를 위하여!

텅 빈 마음이 들 땐 더욱 몸을 쓰자

어느 날, 내 마음이 지치고 다쳤다는 것을 알았습니다. 다시 수영을 시작해야겠다고 결심했습니다.

마음 상태가 심각해서 국군의 방어 준비 태세로 따지자면 진돗개 1단계 수준의 발령입니다. 좋지 않았어요. 오뚝이 하면 또 한 오뚝이 하는 나인데 이번에는 벌떡 일어나지 못했어요. 한참을 쓰러져 있던 탓에 결심을 하고 결심을 해도 몸은 쇳덩이라도 묶어둔 마냥 쉽게 움직이지 않았어요. 마음도 흐리멍텅했고 밥을 잘 챙겨먹지도 않은 채로 와식 생활에 중독되어서는 고양이들과 내내 침대에 누워서 시간을 보냈습니다.

그때는 유난히 꿈도 많이 꿨는데, 운전을 하다가도 브레이크를 찾지 못해서 발을 동동 구른다거나 누군가에게 뭐라고 말을 하려고

157

하면 목소리가 잘 나오지 않아 슬로 모션으로 아, 이, 오, 우 하며 용을 쓰다가 꿈을 깨곤 했어요. 답답한 날들이었나 봅니다.

보이지 않는 손에 멱살 잡혀 회사를 가고 일을 하고 나면 힘이 없어서 그대로 침대에 누워서 하루를 보냈어요. 웃음도 사라진 채 출근봇 생활을 합니다.

회사를 가는 것도 점점 힘이 들었고, 앉아서 일을 하는 것도 버거웠어요. 지하철 계단을 헥헥거리며 올라가는 내가 점차 걱정이 되기 시작했어요. 하지만 마음만 먹고 운동을 시작하지 않습니다. 와식 생활을 하면서도 '운동을 해야 한다'라는 말은 나를 끊임없이 따라다니며 괴롭혔어요. 지금 생각해 보면 한 가닥 남은 맑은 정신이었나 봅니다.

옆으로 누워서 볼이 잔뜩 눌린 채로 유투브를 켰어요. 운동, 홈트를 검색합니다. 몇 개의 동영상을 보다 보니 볼에 베개 자국이나 만들고 있는 내가 한심했어요. 하지만 일어날 생각은 하지 않고 눈 운동만 해요. 몇 개의 영상을 휙휙 지나쳐 가며 봅니다. 홈트 영상이었는데요, 원투쓰리하는 음이 울리더니 갑자기 신나는 음악이 흘러나오면서 유투버가 흡사 에어로빅과 비슷한 율동을 합니다. 신나서 돌려보다가 음악에 홀려 갑자기 벌떡 일어났어요. 핸드폰을 테이블 위에 재빨리 고정시키고는 따라 했어요. 빰빰빰빰~ 영상에서 흘러나오는 음악이랑 율동이 재미있어서 한참을 따라 하다가 옆에 놓인 전신 거울을 봤어요. 그 모양새가 우스꽝스럽기 그지 없었어요. 머리는 산발을 하고서 대체 얼마나 오래 누워있었는지, 볼은 한쪽만 벌개져서 당장 내다버려야 할 것 같은 늘어난 티셔츠에 무릎 나온 트레이닝복을 입고서는 엉거주춤 움직이고 있었어요. 영상에서처럼 매끈하고 절도있는 동작이 아니라 애매모호하게 팔을 휘두르는 모습은 웬 권법인가 했답니다.

그러고 빰빰빰빰~ 소리에 맞춰 한참을 움직이다 보니 웃음이 절로 나고 땀도 조금 났습니다. 하지만 오래하진 못했고 다시 드러누웠습니다.

다음 날도 묘한 음악에 심취해서 다른 동작을 따라 하고는 다른 운동을 곁들여 보기로 합니다. 플랭크를 찾아보고는 연습했어요. 꼴랑 2분하고 힘들다며 다시 침대로 갔어요. 그렇게 5분이 되다가 10분이 되고, 하루에 홈트를 30분씩은 하게 되었어요. 이전 보다 몸과 마음이 편해졌고 아침에 일어날 때 눈이 잘 떠졌습니다.

컨디션이 좋아지자 탄력이 붙었습니다. 이제 자전거를 타고 출퇴근을 하기로 했어요. 앱을 사용해서 시간과 거리를 보니 편도로 1시간 12분, 17.92km였습니다. 대중교통으로 출근을 하면 보통 1시간 10~20분이 걸렸으니 자전거로 가나 대중교통으로 가나 시간은 비슷했어요.

자전거를 간만에 꺼내고 광을 냈습니다. 오랜만이라서 조금 일찍 일어나야 했어요. 실제로는 얼마나 더 걸릴지 가늠을 할 수가 없었거든요.

첫 날은 예상대로 힘들고 숨이 차서, 중간에 몇 번을 내렸어요. 땀도 많이 나서 회사에 가서는 하루종일 어떻게 근무하지 하는 생각이 들었습니다. 그렇게 첫 날은 회사까지 1시간 25분 정도가 걸렸습니다. 다음 날도 비슷한 시간에 일어나서 준비를 하고 이번에는 수건과 갈아입을 옷을 준비했어요.

페달을 밟기 시작했습니다. 1시간 15분이 걸렸습니다. 연이어서 타니 힘들어서 하루이틀은 대중 교통을 이용하기로 했습니다. 쉬고 다시 자전거를 탔습니다. 1시간 10분 정도로 이제서야 예상 시간보다 짧게 도착하기 시작했어요. 막상 자전거를 타고 나니 대중교통에서의 그 번잡함이 싫어져서 일주에 4번은 출퇴근을 하게 되었고, 한 달이 지나자 한 시간이 걸리지 않고 도착을 해서 아침 시간에 여유까지 덤으로 생겼지요. 지하철에서 사람들 틈에 껴서 출근하지 않는 것이 좋았고 컨디션은 말할 것도 없이 좋았습니다. 아침에 자전거를 타고 출근하면 졸리지 않냐고들 물어봤는데, 하루 두 잔 마시던 커피를 한 잔으로 줄여도 졸리지 않았고 오히려 더 상쾌한 컨디션으로 하루 종일 일에 집중할 수 있었어요. 진짜 신세계였습니다.

체력이 어느 정도 올라오고 여름에서 가을로 지나가는 날에 자전거를 타기 시작했으니, 가을이 되려고 하는 시점에는 날씨가 점점 선선해지고 자전거 타기가 훨씬 더 수월해졌지요. 퇴근하는 길에는 좀 더 라이딩을 즐기다가 집으로 돌아가곤 했습니다. 회사에서 스트 레스라도 받는 날이면 자전거를 타고 퇴근하는 시간만을 기다렸고 요. 회사 생활에도 활기가 생겼어요. 출근봇은 이전보다 자주 웃게 되었고, 줄어들었던 말수도 제자리를 찾아갔습니다.

다시 수영을 시작할 수 있을 것 같았습니다. 드디어 수영장을 다시 찾았습니다. 일주일에 3번을 가기로 했어요. 자전거로 폐활량 을 조금 회복했다고 생각했는데, 수영은 또 전혀 달랐나 봅니다. 숨 이 여간해서 트이지가 않았어요. 한 바퀴만 돌아도 숨이 꼴딱 넘어 갈 것 같았습니다.

조금 뒤에 서서 천천히 따라가며 체력을 회복해 갔어요. 체력 이 회복되자 바로 그 다음 달은 주 5일을 등록했습니다. 좀 더 박차 를 가해 보기로 한 거에요. 자전거를 타는 시간을 줄이고 수영에 다 시 집중하고 싶었습니다. 그렇게 다시 체력이 회복될 때까지 다시금 1년동안 수영장을 다녔습니다.

도시락을 싸기도 하고, 음식도 인스턴트 대신에 좋은 것으로 먹 으려고 하며 모든 것에 정성이 들어가기 시작했어요. 죽어라 되지 않던 집안 정리도 되어 갔습니다.

한 번에 되는 일들은 없습니다. 하지만 시간을 들여 조금씩 나아질 순 있어요. 정말 회복될 수 없을 정도로 지쳐 넘어져 있을 때는 그 무엇도 나를 일으킬 수 없을 것 같습니다. 그럴 때는 몸을 움직여 보는 것을 권해 봅니다.

몸을 쓰면 체력이 돌아오고 활기가 생깁니다. 텅빈 것 같은 마음이 조금씩 채워지기 시작하고 나도 모르는 사이 내가 조금은 일어나 있게 됩니다. 반드시!

조금씩 나를
찾아가며

—

결핍의 대 환장 파티

점심 시간에 김밥 한 줄을 해치우고 근처 일어 학원으로 눈썹을 휘날리며 달려갑니다. 일주일에 세 번 새벽 수영을 하고 출근을 하느라 김밥 한 줄은 턱없이 모자라지만 시간이 없습니다. 종종 걸음으로 재빨리 학원으로 가야만 수업에 늦지 않거든요. 그리고 저녁에는 일주일에 두 번 요리를 배웁니다. 주부 9단이 부럽지 않습니다. 지금 생각하니 그야말로 대 환장 파티입니다.

학원을 가지 않더라도 나는 끊임없이 배우고 싶어 했습니다. 경제적인 여유가 없는 사회 초년생 시절에는 학원 등록비가 아쉬웠어요. 그래서 하고 싶은 것이 생기면 서점에 갔습니다. 관련 서적을 찾아서는 책 한 권을 들고 집으로 오곤 했어요. 그렇게 2만원짜리 토스트 오븐을 사서 베이킹을 시작했습니다. 그리고 재봉도 글로 배웠습니다. 집에서 책으로 하다가 더 이상 혼자 할 수 없게 되면 더 배우려고 학원에 갔어요. 배우고 싶고, 하고 싶던 것이 많았던 20대 시절에는 억눌림도 많았겠지만, 돌이켜보면 내 안의 채울 수 없는 그 무언가를 바쁘게 움직임으로써 잊고 싶었는지도 모르겠습니다. 허기진 마음을 무엇인가로 늘 꽉꽉 채우려 했어요. 다재다능이라는 비밀 안에는 결핍이라는 나의 비밀이 숨겨져 있었지요. 가슴 안에서 늘 무언가 꿈틀대며 발버둥치는 통에 견딜 수가 없었어요. 무엇인가를 늘 해야 했습니다.

허전한 마음은 무엇을 해도 그렇게 쉽게 채워지지 않았어요. 30대가 되고 나서는 금전적인 여유가 좀 더 생기고, 더욱 열심히 무언가를 배워갔죠. 이후에도 영어, 꽃꽂이, 케이크 만들기 등 닥치는 대로 배우고 학습하며 시간을 보냈습니다. 그 와중에 친구들과의 약속도 끊임이 없어서 집은 그저 잠을 자는 숙박의 역할만을 했지요. 그렇게 밖에서 남들의 몇 배나 되는 에너지를 쏟으며 살았는데, 결핍이 나의 에너지였습니다. 나는 허한 마음을 바쁜 생활로 꾹꾹 눌러 보려 했어요. 사람들은 가끔 그것을 다재다능이라고 말했고, 때로는 중독이라고 말했습니다. 나를 '열정녀', '무리의 아이콘'으로 불렀지요.

선구안이 탁월하거나 내 인생에 도움이 되는 좋은 답을 미리 안다면 얼마나 좋을까요? 그렇다면 좌충우돌하며 앞구르기 뒷구르기 하는 고생은 하지 않을 텐데 말입니다. 그러나 또 그 경험이 없었다면 지금의 나도 없었을 겁니다. 최선을 다했고, 그것대로의 의미가 있었다고 생각을 해요.

나는 정답도 없는 삶의 이유를 치열하게 알아내려 했어요. 그리고 그 길을 어설프고 거칠더라도 뒹굴면서 지나온 겁니다. 나의 존재감을 확인하려 했고, 그것은 고달픔 속에서도 그 나름대로 나에게 기쁨을 선사하기도 했습니다.

결핍을 에너지로 사용하게 된 것은 호기심도 많고 무엇을 배우는 것 자체를 워낙 좋아하는 성향 탓도 있겠습니다. 새로운 무엇인가를 배운다는 것은 너무 설레는 일이었고 온전히 즐기면서 행복감을 느꼈고 학습을 한 뒤에 오는 달콤한 성취감이 좋았습니다. 그 순간에 집중하고 최선을 다했어요. 하지만 그 시간이 지나가면 똑같은 시간이 반복되었어요.

"왜 그럴까?"

단순히 즐거운 마음은 구멍이 난 내 마음을 단단하게 채워주지도 충족시켜 주지도 못했을 겁니다.

미풍에도 마음은 늘 흔들렸습니다. 그렇게 나는 다시 남은 결핍을 에너지로 썼습니다. 하루하루를 충실한 척 바쁘게 살아갔어요.

운동을 시작했습니다. 일주일에 세 번 수영장을 찾았습니다. 몸이 적응하자 5일 중에 이틀은 요가를 등록했습니다. "무리의 아이콘이 또 시작했네."라고들 했지만 운동을 하자 마음이 평온해짐을 느

겪기 때문입니다. 운동을 하면서는 마음이 좀 비워졌습니다. 몸은
건강해져 갔고 마음은 비워지니 더 없이 상쾌하고 가벼웠어요. 체력
이 좋아지니 생활에 활력이 생겼습니다. 계단을 오를 때 헉헉거리며
항상 숨이 차올랐는데, 운동을 하고 나서부터 한참을 올라가도 숨이
차지 않고 기운이 넘쳐났거든요. 얼마나 신나요? 할 일이 태산이어
도 골골거리며 하다가 멀리 던져버리곤 했는데, 뭘 해도 힘이 넘치
니 훨씬 생활이 수월해졌습니다.

　　그러면서 운동에 집착을 하기 시작했어요. 아직 떠나가지 않은
내 결핍들이 이번에는 온통 운동에 달라 붙었습니다. 평온은 오다가
말아버립니다. 무리를 했어요. 수영장에 가지 못하는 날은 화가 났
습니다. 해야 하는 일이 있는 데도 하고 싶은 일에 정신이 팔려서는
앞뒤 구분이 가지 않는 겁니다. 몸이 아파도 수영장을 갔고, 주말도
쉬지 않고 내내 가기 시작했어요. 월화수목금금금의 수영 생활이 시
작됩니다. 활기가 넘쳐서 다른 일을 하던 시간은 다 버리고 오로지
수영에만 매달리는 겁니다.

　　그때는 그렇게 한계를 경험해야 성이 풀렸습니다. 급기야 업무
시간에 몰래 펠프스 선수의 영상을 보다가 걸리곤 합니다. 팀장님은
회의실로 조용히 부르시고는 "태릉으로 들어 갈 거야?" 하시며 살짝
혼내셨지만 속으로 생각했습니다.

　　'잠시 회사를 쉬고 수영만 몇 달 했으면 좋겠어.'

제 정신이 아니에요. 단단히 미친 겁니다.

스노보드를 한참 탈 때도 넘어져서 왼쪽 손목 뼈에 금이 갔는데 응급실에 가서도 선생님에게 저는 질문했어요.

"보드는 언제부터 다시 탈 수 있을까요?"

선생님의 황당한 얼굴이 잊혀지질 않네요. 이렇듯 무언가 중독에 빠져 있는 사람의 이유는 저마다 다르겠지만 저뿐은 아닐 겁니다.

방바닥을 친구 삼아 누워있는 당신이여. 거짓말 같나요? 운동은 매력이 넘쳐흘러서 즐기다 보면 쉽게 중독에 빠지곤 합니다. 실제로 스노보드를 겨울 내내 자유롭게 타고 싶어서 회사를 관두는 사람도 보았습니다. 요즘도 운동에 중독된 사람들을 쉽잖게 봅니다.

몸과 마음의 컨디션이 좋아지니 웃음이 절로 나는 그 맛에 중독이 되어버린 겁니다. 생각만 해도 즐겁고 한시라도 빨리 운동을 하고 내 컨디션을 끌어올리고 싶어집니다. 예상치 못한 지점에서 또 다른 의미의 무리가 시작된 거에요. 하지만 중독은 위험합니다. 하나에 지나치게 집중하게 되면 다른 중요한 것들을 보지 못하고 놓치게 될 수도 있으니까요.

그렇게 열정녀는 한계치를 맛보고 나면 급 체력저하를 호소하며 바람 빠진 풍선처럼 기운이 빠진 채로 한동안 쓰러져 있곤 했답니다. 그렇게 온몸으로 경험하며 이제는 더 이상 스스로를 지치게 하지는 않습니다. 하고자 하는 욕심을 잠시 누르고 휴식을 취합니

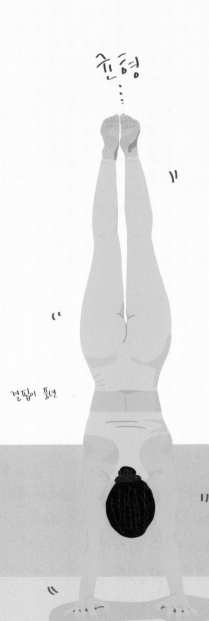

다. 나를 단단하게 만들어 주는 것은 저 멀리 어딘가에 있는 것이 아니라 내 안에 있습니다.

운동은 좋은 에너지를 만들어 줍니다. 그 에너지는 나를 기쁘게 하고 몸과 마음을 단단히 해 줍니다. 단단해진 몸과 마음은 내가 하고자 하는 일을 좀 더 수월하게 만들어 줍니다. 조금씩 나를 다져가세요. 무리하지는 말자고요. 지나치면 부족한 것만 못합니다.

뷔페에 가는 날을 떠올려 봅시다. 우리는 마치 여태껏 굶주린 사람들처럼 욕심을 냅니다. 심지어 뷔페에 가기 앞서 속을 비우기도 합니다. 왕창 먹으려고요. 하지만 먹고 난 그 자리에서부터 속이 더 부룩하고 불편합니다. 우리가 담으려는 많은 것들이 음식과 다를 바가 없어요. 많이 담으려고 해도 한계가 있지만 많이 담아본들 소화를 못하면 불편합니다.

템포를 조절하기도 하고 예전만 못하지만 여전히 결핍은 나를 움직이는 원동력입니다. 그것은 지금의 나를 존재하게 하며 많은 것을 채워줬습니다. 하지만 꽉 들어찬 공간에는 여유가 없습니다. 우리는 한 번씩 멈춰 서서 쓸데없이 우리를 괴롭히는 마음의 짐들이나 부정적인 생각, 괴로움을 덜어 내 줄 필요가 있습니다. 그렇게 비워야 다시 채울 수 있는 자리가 생깁니다.

잘 비워내지 못하는 내가 이런 글을 쓰다니 재미있습니다. 나는 아직도 완벽한 휴식을 잘 취하지 못합니다. 적극적으로 놀기라도 해야 편안합니다. 누구보다도 그래야만 한다는 것을 잘 알고 있어요. 잘 안 되는 것을 닥달하니 스스로는 휴식 또한 과제로 느껴집니다. 내가 완벽하게 해내지 못할 것이라는 것을 인정하고 억지부리지 않는다면 좀 더 편해집니다. 그리고 마침내 휴식을 취할 수 있게 되고요. 노력하지만 무리하지 않습니다.

맛있는 인생, 본아페티

영화 〈줄리앤줄리아(Juli&Julia)〉를 좋아합니다. 음식 컨텐츠라고 하면 사족을 못쓸 정도로 좋아하기 때문이기도 하지만, 내 삶이 무기력으로 똘똘 뭉쳐질 때쯤 펼쳐 보면 활력을 주거든요.

실화를 바탕으로 한 영화는 각각 다른 시대를 살아가는 두 여성이 출연합니다. 이 두 여성이 각자의 시대에서 겪는 어려움과 위기를 현명하게 극복해 가는 모습을 교차하며 보여주고 있습니다. 1950년대에 외교관인 남편을 따라 낯선 땅 프랑스로 오게 된 줄리아 차일드는 아내의 역할이 아닌 프랑스 요리사가 되어 자신의 가치를 찾아가고자 하지만 이 과정은 쉽지 않습니다. 여성에 대한 선입견이 강한 시대여서 요리 전문가 반을 등록하는 것조차도 쉽지 않습니다. 그녀는 물러서지 않고 수강을 하게 되지만, 다른 수강생들에 비해 자신의 실력이 월등히 떨어진다는 것을 깨닫습니다.

　2000년대를 살아가는 줄리는 그럴듯한 직장에 다니고 있지 못했기에 친구들에게 실패자라는 낙인이 찍히기도 합니다. 일상을 팍팍하게 살아가던 줄리는 가치를 찾고자 합니다. 그러던 중 블로그를 연재하기로 합니다. 요리사 줄리아 차일드의 책을 참고해 1년동안 자신의 블로그에 524가지 프랑스 요리 도전기를 작성하기로 합니다. 고단한 현실을 살아가는 줄리가 자신의 가치를 찾아가기 위해 시작한 도전, 그것을 향한 용기와 노력으로 성취감을 맛보게 되는 스토리입니다. 그렇게 두 여성이 공통으로 사랑하는 프랑스 요리라는 소재로 이야기는 흘러갑니다.

　줄리와 줄리아는 몹시 서툴고 매 순간 당황하지만 포기하지 않아요. 자신이 얻고자 하는 것을 위해 힘들고 두려운 것을 마다하지 않습니다. 줄리는 힘들면 어린아이처럼 울기도 합니다. 하지만 수많은 실패를 경험하면서도 포기하지 않고 끊임없이 도전합니다.

　그들의 맞닥뜨린 고난은 좀 더 나은 나를 찾아가는 중에 생기는 일들입니다. 줄리아가 아내로써의 삶에 그저 만족했다거나 줄리가 계속 직장을 다니며 나른한 일상을 보냈다면 극복해야 할 일들이 생기지 않았을 거예요. 동시에 그들은 고단한 길 뒤에 펼쳐진 새로운 삶을 즐기지도 못했겠지요. 줄리아는 드디어 꿈꾸던 요리사가 되어 책을 집필하고 TV에 출현해 요리하는 방법을 생중계하기도 합니다.

줄리는 블로그를 완료해 가는 힘든 와중에 많은 이들의 지지를 받고 자존감이 올라갑니다. 완료한 뒤에는 여기저기서 책을 출판하자고 연락이 오고요. 그들이 아무 일도 하지 않았다면 아무 일도 일어나지 않았을 거에요. 지금 당장 변하고 싶다면 행동해야 하겠지요.

실수를 하고 좌절하면서 나에 대해 실망하는 날들이 있어요. 그저 하는 일이 맞는지, 내가 과연 잘 할 수 있을지 고민하게 됩니다. 예상을 했더라도 막상 닥쳐보면 상상했던 것 보다 더 힘들 때도 있거든요. 우리가 시도하는 것들이 줄리나 줄리아처럼 매번 훌륭한 결과를 가져오지도, 무조건 성공하지도 않습니다. 그러면 도전이나 부분적인 성공에서 얻을 수 있는 것은 과연 무엇일까 생각해 봅니다.

스티브 잡스가 한 마디 해줍니다.

"목표 달성 여부보다 그 과정에서 더 큰 배움을 얻게 되는 것이다. 여정이 곧 보상이다.(The journet is the reward.)"

성공하지 못했더라도 도전은 다른 경험으로 가는 길들을 열어줍니다. 충분히 가치 있어요. 부디 실패와 나이에 연연하지 않고 상황에 굴하지 않고 되도록이면 많은 도전과 시작을 해 봤으면 해요.

맛있는 당신의 인생을 위해, Bon appetit!

체력 단련이라는 잭팟

친구들과 만나서 놀고 수다를 떨다 보면 시간은 초속 100킬로미터로 지나갑니다. 무슨 할 얘기가 그리 많은지 아쉬움에 끊임없이 이야기를 늘어놓습니다. 점차 시간이 지날수록 대화 도중에 하품을 하는 친구가 생기기도 합니다. 우리 모두 헤어질 시간이에요. 나는 눈을 말똥말똥하게 뜨고 친구들을 바라봅니다.

"넌 지치지도 않냐?"

신기한 듯 친구들이 물어봐요.

이런 말을 듣기 시작한 것은 채 몇 년이 되지 않았어요. 엄마 말씀에 따르면 태어날 때부터 저체중으로 태어나서 0.1킬로그램만 모자랐으면 인큐베이터행이었다고 합니다. 태어날 때부터 예정된 약골이었어요. 어째서인지 키는 쑥쑥 잘 크고 몸은 엿가락처럼 늘어만

갔어요. 학년이 바뀔 때마다 키가 크고 가벼워 보여서인지 선생님들
은 달리기를 잘하냐고 늘 물어보셨는데 그렇게 곤란할 수가 없었어
요. 달리기에서 일등을 해 보는 것은 꿈을 꾸지도 않았고 꼴찌라도
면해 보려는 아이에게 웬 오해랍니까? 잘하기는커녕 너무 느린 나머
지 장난 치지 말고 진지하게 임하라고 혼이 나곤 했으니 이 얼마나
억울한 날들인지요. 약한 몸은 이렇게 중고등학교를 다니는 6년 동
안 더욱 더 강력한 저질 체력으로 진화합니다.

쉽게 지쳤으며 짜증이 잦았고 별것이 아닌 일에도 예민해지곤
했어요. 그것은 마치 대부분의 날을 골골골골 아픈 몸으로 지내는
것과 비슷합니다. 무리를 하는 날은 당연히 시름시름 앓았고 친구들
과 신나게 노는 것도, 공부도 일도 정신력으로만 버텨야 했는데 당연
히 쉽게 지쳐갑니다. 이를 꽉 깨물고 용케 버틴다 한들 완료되면 넉
다운입니다. 누구에게나 있는 한창 젊고 팔팔한 나이에 나는 체력의
한계를 절감했어요. 젊다 못해 꼬꼬마 어린이 시절에도 상황은 마찬
가지였죠.

처음엔 몰랐어요. 그리고 꾸준히 답을 찾으려 하니, 결국 답은
체력 단련밖에 없다는 것을 알았어요. 할 줄 아는 게 별로 없어서 그
저 일단 걷기부터 시작했습니다. 기회만 있으면 무조건 걸었습니다.
그러다가 시간이 흐르고 나서는 피트니스 센터에 등록을 하러 갔습
니다.

건장한 트레이너분이 후줄근한 트레이닝 복을 입고 병약한 스멜을 폴폴 풍기는 나를 향해 각종 생활 습관에 관한 질문을 합니다. 그리고 몸무게와 키, 인바디 등을 측정했습니다. 예정된 결과였지만 참담했어요. 완전히 골골 노인 몸이라고 했습니다. 앞으로 평생 운동을 하지 않으면 안 된다고 했어요. 말처럼 나는 단지 팔팔한 나이를 가졌을 뿐 병약한 몸으로 간단한 동작 하나에도 힘들어 했고 버티지를 못해 부들부들 몸을 떨었습니다. 하지만 조금씩 꾸준히 해갔어요. 비루한 체력의 나는 척박한 토지를 가진 소작농과 같은 심정으로 내 몸을 비옥한 토지로 만들기 위해서 열심히 체력 단련을 해야만 했어요. 지금은 꾸준한 운동으로 인해 이전보다는 훨씬, 아니 전혀 다른 생활을 하고 있지요.

취미를 물어보면 몇 가지를 대표적으로 말하곤 하는데, 가끔 운동이라고 말을 하면 '네?' 하고 되물어 보는 사람들이 많습니다. 외모에서 풍기는 이미지는 어쩔 수 없더라도 분명히 속 근육은 단단하게 쌓여있을 것이라고 자부합니다. 선천적으로 타고난 것이 좋지 못하기에 운동 실력을 업그레이드하려고 할 때 늘 체력이나 체격이 모자라 아쉬운 건 지금도 마찬가지예요. 하지만 운동과 더불어 오는 체력과 체격이 어느 날 갑자기 변하지는 않고, 지금처럼 밥 먹듯이 꾸준히 하다 보면 분명히 업그레이드가 될 것이라 확신합니다.

어쨌든 병약하고 창백한 모습으로 쉽게 지치던 나는 매사 활력

이 넘치게 변한 것은 기정 사실이니 나에게는 운동이 무엇보다도 고마운 존재임에 틀림없습니다.

　평소와 달리 컨디션이 좋지 않거나 부쩍 몸이 힘들어지면 대개 '나이가 들어가나?' 혹은 '요즘 잠을 못 자고 무리를 한 것일까?'라고 생각합니다. 하지만 나는 '요즘 운동이 뜸했나?'라는 생각부터 합니다. 무언가 스스로 석연찮고 몸과 마음이 힘들다는 신호가 느껴지면 서랍장에 고이 접어두었던 운동복부터 착착 꺼내기 시작하고 구석에서 뒹굴던 아령도 다시 한번 닦아줍니다. 일어나서 운동을 해야 하는 시간입니다.

　매일이 활기차고 건강한 삶을 주지만, 체력 단련으로 누적된 마일리지는 쇼핑 마일리지보다 나에게 더 큰 선물을 선사합니다. 써도 쉽게 사라지지 않은 채로 계속 누적되고 더 큰 힘을 발휘합니다. 이것이야말로 잭팟입니다!

　자동 갱신된 나이로 인해 점점 힘이 빠지고 들어가는 나이를 체감하며 나른하게 살 것인지, 체력 단련으로 인생의 잭팟을 터뜨리며 활기 넘치게 살 것인지는 내가 결정할 일입니다.

겁먹지 마, 릴렉스

　수영을 능숙하게 할 수 있게 되었을 때입니다. 다니던 수영장은 보통 그렇듯이 25미터의 레인이었어요. 출발하는 지점뿐만 아니라 25미터 앞에 있는 도착 지점의 수영장 깊이가 똑바로 서 있으면 목 위로 물이 넘지 않아서 빠져 죽지는 않겠구나 하는 안정된 마음으로 수영을 즐길 수 있습니다. 그 당시 보통 수업을 시작하기 전에 20바퀴를 워밍업으로 돌고 시작했습니다. 1000미터예요. 매번 고개를 절레절레 흔들며 시작하지만 어느새 스무 바퀴는 돌곤 했지요. 친구들과도 주말이면 수영장에서 만나서 수영을 하고 밥을 먹고 차를 마시고 헤어지는 게 일과일 정도로 수영은 내 생활과 꼭 붙어 있었어요.

　주말에는 다니던 수영장을 벗어나 친구들 동네로 가서 수영을 하기도 했는데, 한 친구가 올림픽 수영장을 가자고 해서 따라 나섰습니다. 잠실 올림픽 수영장은 50미터 레인이라고 했어요. 새로운 경험에 앞서 신이 나서는 함께 수영장으로 들어섰어요. 동네 수영장 1000미터 부심으로 우리는 신나게 수영을 해 갑니다. 반쯤 가던 찰나 아래를 내려다 보니 '허걱' 갑자기 수심이 깊어졌어요. 괜히 물도 더 시퍼래 보입니다. 나중에 알고 보니 2미터 수심이라고 해요. 25미터를 겨우 왔을 뿐인데 갑자기 호흡이 가빠집니다. 50미터를 가자마자 하얗게 질린 얼굴로 발이 닿지 않는 수영장 벽에 고목나무의 매미처럼 대롱대롱 달려 있었어요. 물에 빠져 죽기라도 할 것 같은 마음을 붙들고 돌아왔습니다. 100미터. 한 바퀴를 겨우 돌았는데 체감 지수는 오버 조금 보태서 1000미터였어요.

　수영장에서는 그저 눕기만 해도 빠져 죽지 않는다는 것쯤은 알고 있었던 터인데, 다리가 닿지 않는다고 생각하자 덜컥 겁이 난 거에요. 아무리 그래도 100미터를 돌고서 이렇게 진이 빠지다니 황당했어요. 웃음이 나왔습니다. 여태 해왔던 수영 생활이 의심스러운 자태입니다. 하지만 몇 번을 해도 2미터 수심에서는 호흡이 가빠졌어요.

　"빠져 죽을 리 없어! 수영할 줄 알잖아. 릴렉스~"

　그 날 당장은 쉽게 되지 않더라고요. 무서운 데도 불구하고 일단 친구들과 자주 찾았습니다. 50미터의 풀을 경험하고 나니 두려움이 반이어도 설렘을 포기할 순 없었거든요. 그러다가 시간이 흘러

이사를 했는데, 올림픽 수영장이 동네 수영장이 되었고 나는 수영을 등록했습니다. 시퍼렇고 무섭다던 2미터를 향해 스타트를 뛰어야 했고, 앞서간 사람이 갑자기 2미터 지점에서 갑자기 멈추기라도 하면 발이 닿지 않는데 어쩌지 하는 생각이 들자마자 죽을 둥 살 둥 개헤엄이라도 치면서 떠 있어야 했어요. 시간이 지나면서 유연한 방법들을 찾아내기도 하고 곧 익숙해져서 2미터 공포감은 사라졌지요.

겁이 많아서 남들보다 유난히 시간이 오래 걸리는 것들이 있어요. 스타트나 2미터 입성처럼요. 나만큼 겁이 많은 사람이 생각보다 많다는 것도 같이 스타트를 하려고 쭉 서 있으면 절로 알게 됩니다. 대개는 벌벌 떨고 심장이 두근거린다고 하거든요. 누군가는 두려움 없이 뛰고 누군가는 두려움을 극복하고 뛰었을 겁니다. 그렇게 한 번에 두려움 없이 뛰어들고 겁 없이 헤엄쳐 가는 이들을 보면 참 부럽습니다. 나도 저렇게 하고 싶다는 생각을 하며 부러운 눈으로 바라봅니다. 포기하지 않고 계속 연습하고 적응하면 할 수 있게 됩니다.

별 것 아닌 듯한 작은 성공 경험들은 겁쟁이인 나를 좀 더 큰 도전으로 밀어줍니다. 시간이 오래 걸리더라도 쉽게 포기하지 않는 끈기를 길러줌은 물론이고요.

나의 미래를 점쳐 보는 경험

우리에게는 미래를 내다볼 수 있는 능력은 없습니다. 하지만 과거에 내가 쌓은 경험과 현재를 보고 미래를 점쳐 볼 수는 있어요. 어디로 향해 가는지 모른 채로 전력 질주를 하다가 일이 생각만큼 풀리지 않을 때, 삶이 고단하다고 느껴질 때, 좌충우돌하며 해결하기 위해 뛰어 보아도 뾰족한 수가 없을 때 현타가 옵니다.

"난 누구? 여긴 어디?"

자신의 삶의 방향과 목표, 목적, 그리고 나에 대해 누군가에게 간단명료하게 설명할 수 있는 사람은 몇이나 될까요? 많은 사람들이 내가 어디로 가고 있는지, 자신이 어떤 사람인지에 대해서 잘 모릅니다. 그저 학교를 다니면서 대학을 가기 위해서 공부를 열심히 하고, 대학교에 입학하면 취업을 위해 열심히 생활하라고 합니다. 그

러다가 갑자기 사회로 내던져집니다. 취업은 날이 갈수록 쉽지 않
아요. 회사에서는 채용할 만한 인력이 없다고 하고 구직자는 들어갈
회사가 없다고 합니다. 어렵사리 들어간 회사에서는 경쟁에서 밀려
날까 봐 전전긍긍하고 또 다시 뛰라고 채찍질 당합니다. 대학만 가
면 취업만 하면 된다고 했던 어른들의 말들이 무색하게 갖가지 고난
에 부딪히고 인생의 쓴맛을 느끼며 각종 주어진 일들을 척척 해내야
합니다. 생각보다 쉽지 않은 과제들 앞에서 이리저리 부딪혀가며 용
을 씁니다.

"어? 잠시만. 나는 무엇을 위해 이렇게 전력 질주를 하고 있는
거지? 나는 어디로 가고 있는 거야?"

잠시 멈추어 서서 내가 가는 길이 맞는지도 생각해 보고 싶고,
전력 질주만 해 왔으니 나 이제 좀 쉬고 싶다고 하소연을 해도 여유
는 좀처럼 보이지 않아요.

사회 초년생을 거쳐 연차가 쌓이고 대리라는 직급을 달게 되는
날이 옵니다. 업무를 처리하는 것이 한결 수월해지고 정신이 좀 들
기 시작합니다. 내 길에 대해서 고민할 여유가 생깁니다. 뒤늦은 고
민에 방황도 해 보고 이 길이 아닌 것 같으니 다시 무엇인가를 시작
해야 하나 싶지만 선뜻 용기도 나지 않습니다. 이제 겨우 숨 돌릴 시
간이 왔는데, 새로운 시작은 또 다른 전력 질주의 길로 들어서는 것
같아 두렵기만 합니다. 그러다가 과장이 됩니다. 과장부터는 관리

직급에 속하기 때문에 한층 업그레이드된 미션이 주어지고 우리는 그렇게 또 현실에 발맞춰 가며 살아가기 바쁩니다.

고민하는 당신에게 아직은 늦지 않았다고 말해 주고 싶습니다. 내가 서 있는 자리에서는 저 멀리 보이는 풍경이 너무 아득해서 겁이 나고 두렵지만, 깨닫는 순간부터라도 내가 누구인지를 찬찬히 들여다 보면서 나 자신을 찾아 가려고 노력해야 합니다.

우리는 내가 누구인지, 내가 어떤 길을 가는지는 명확히 모르지만 내가 무엇을 좋아하고 싫어하는지는 알고 있습니다. 물론 그마저도 모르는 경우가 있습니다. 그것을 알아내려면 경험을 해야 합니다. 잘하는 것이든 못하는 것이든 늘 무적에 맞서 싸우는 영웅들처럼 용감무쌍하면 좋으련만 실제로 생소한 일 앞에서는 두려움과 불안이 앞서는 게 사실이죠. 잘 알고 익숙한 일을 하는 것이 편하게 느껴지는 것은 당연합니다. 그렇다 보니 생소하고 낯선 것은 밀어내고 싶어집니다.

내가 잘 하는 것과 잘 못하는 것, 좋아하는 것과 싫어하는 것을 알아두는 것은 중요합니다. 이것은 인생을 수월하게 살도록 도와주며 삶의 방향을 잡을 수 있게 해 주고 내가 하는 일에도 도움을 줍니다. 내가 힘들 때는 어떤 것이 나에게 도움을 주고 해가 되는지, 어떤 것들이 나를 위로하는 것인지도 알게 해 줍니다. 모든 것이 경험으로 알게 되는 것들입니다.

사람들은 머리로 수많은 생각을 하고 그 생각들 중에 일부만을 행동으로 옮깁니다. 그 행동의 양상은 사람마다 다르고 그 행동으로 인한 실천이 쌓여서 지금의 내가 서 있는 곳이 됩니다.

삶의 목적과 방향은 모두가 다르지만 우리는 무언가를 끊임없이 배우고 경험하며 앞으로 한발씩 나아가고 있어요. 경험은 나의 삶을 다져주고, 나를 들여다 볼 수 있는 데이터 역할을 해 주기도 합니다.

경험은 마일리지처럼 내 안에 쌓여서 나를 만들어 갑니다. 수영을 할 줄 알게 되면 서핑이나 기타 수상 운동을 즐기기에 편합니다. 릴레이처럼 경험은 나를 더 많은 경험의 세계로 이끌어 줍니다. 각각의 경험은 별개로 보이지만 이어져 있습니다. 이전 경험이 실패를 했든 성공을 했든 간에 이후에 무언가를 도전하며 실행할 때는 반드시 적절한 도우미가 되어 줍니다. 경험이 많아지면 삶은 풍요로워집니다.

대체적으로 경험이 많은 사람들은 그 두려움을 극복하고 무엇이든 일단 실행에 옮기는 사람들입니다. 그 과정에서 다칠 수도 있고 상처가 생길 수도 있어요. 경험은 시간과 노력과 도전 정신을 필요로 합니다. 행동이 동반되지 않으면 어느 것도 쌓이지 않습니다. 하루에 조금씩이라도 시간을 투자하고 노력하지 않는다면 있던 재능도 녹이 슬게 마련입니다.

내가 누구인지 내가 무엇을 하는지, 내 가치관과 취향이 무엇인지를 단숨에 알아내기란 어렵습니다. 경험이라는 마일리지는 내 삶의 자양분이 되고 그렇게 조금씩 어떠한 방향으로 가는 것이 좋을지, 나아갈 것인지를 판단하는 데 도움을 주게 됩니다.

두려워서 망설이고 있다면 혹시 일어날 수 있는 실패에 대한 준비를 해 나가도록 합니다. 관련된 정보를 검색해도 좋고 또 책이라는 좋은 멘토가 있습니다. 직접 경험하는 것보다는 성취감과 성취감을 느낄 수 있는 묘한 짜릿함은 덜하겠지만 더디더라도 안전합니다. 꼼꼼한 사전 조사를 하고 계획이 수반된다면 위험 부담은 줄어듭니다. 사전 정보와 준비는 불시에 고난의 창을 맞게 되더라도 창을 피하고 막을 수 있는 훌륭한 방패막이가 되어줄 것입니다.

늘 덮고 자는 이불처럼 당연하게 존재하다가 선택의 기로에 섰을 때 나에게 슬그머니 방향을 제시하기도 합니다. 그렇게 내 삶의 방향이 하나씩 결정되는 데 중요한 역할을 합니다. 어느샌가 나를 설명하는 무언가가 될 수 있고 자연스럽게 나만의 색을 띄도록 만들어 줍니다.

경험에 있어서 성공과 실패를 논하는 것은 무의미합니다. 늘 성공하지도 늘 실패하지도 않습니다. 그렇다고 경험이 늘 좋은 결과만을 안겨주지는 않기에 젊은 날에 고생을 사서 한다는 말은 별로 좋아하지 않습니다. 다수의 연애 경험을 가진 사람이 반드시 행복하지도 않고 젊은 날 고생을 한 사람만이 성공하리라는 보장이 없으니까요. 그러기에 늘 경험에 앞서 선택을 잘 해야 합니다. 하지만 선택을 하고 지나가는 동안은 직선이라고 생각했던 길이 뒤돌아 보면 구불구불한 길일 때도 있습니다.

경험은 당이 떨어졌을 때를 대비해 가방 안에 챙겨둔 초콜릿처럼 당장 내 손 안에 쥐어지지는 않아요. 도전을 하고 시간을 투자해야 합니다.

나는 여전히 실패를 경험하는 것을 두려워합니다. 지나온 길을 돌이켜보면 수없이 도전하며 무수히 많은 비탈길로 또는 샛길로 빠지고, 논두렁 밭두렁으로 굴러 떨어진 일도 많기 때문입니다.

그 길에서 얻은 성공과 실패로 지금의 내가 있습니다. 두렵지만 도전하고 경험을 쌓는 것은 중요합니다.

그냥 좋은 것

10년이 넘는 시간 동안 그래픽 디자인이라는 일을 하면서 밥을 먹고 살고 있습니다. 꼬박꼬박 밥을 먹고 일을 하다 보니 어느새 10년차가 됩니다. 전공은 중국어랍니다. 참 생뚱맞습니다. 아직도 전공과 직업의 괴리감에 대해 궁금해 하며 질문해 오는 이들이 많습니다.

디자인 전공이 아닌 비전공자로 디자인을 업으로 삼는다는 것은 정말이지 모험이었어요. 전공자가 아니었기에 대학교를 다니는 내내 샛길로 빠진 학생으로 여겨졌고요.

학교를 다니는 내내 방학 동안 많은 친구들이 중국으로 연수를 다녀오곤 했습니다. 방학이 끝나고 나서 개강을 하면 교수님께서 당연한 듯이 물어보시고요.

"자네는 이번에 어디 다녀왔나?"

194

"저는 북경에 다녀왔습니다."

"자네는?"

"상해에 잠깐 있었습니다."

"자네는?"

"저는…… 저희 집이요"

강의실에는 한바탕 웃음 소리가 퍼집니다. 실제로 이미 진로 변경을 확고히 한 상태라 방학 내내 포토샵이니 일러스트레이터 같은 그래픽 툴을 공부하느라 바빴거든요.

"어이, 거기 미대생~"

저를 지칭하는 겁니다. 제가 다닌 대학교는 예술 관련 학과가 없었음에도 불구하고 저는 학교에서 교수님과 동기들에게 미대생으로 불리었어요. 동기들은 아직도 제가 신기하답니다. 그리고 오랜 시간 동안 이 일을 하는 것을 기특하게(?) 바라봅니다.

친구들과 달리 부모님께서는 처음부터 강하게 반대를 하셨습니다. 나를 응원해 주는 이들이 있다면 고맙고 든든한 일입니다. 반대하는 이들이 많고 '어디 한번 잘하는지 보자' 하고 지켜보는 눈이 많아도 좋습니다. '보란 듯이 해내 보이고 말겠다'는 분노의 에너지를 밑천으로 삼아 나아가면 됩니다. 나는 안타깝게도 후자에 속했습니다.

좋아서 시작했지만 지나오는 과정은 쉽지 않았어요. 정해 놓은

길로 온 것도 아니었고 예정된 길로 들어선 것이 아니라 돌아가야
했으니까요. 늦었지만 처음부터 배우고 남보다 더 노력해야 했어요.
기발한 상상력과 창의력이 필요한 직종을 선택한 것은 설레고 즐거
웠지만 동시에 시험대에 올라와 있는 기분을 자주 느끼게 했고, 내
가 이 일을 하기에 과연 적합한 인물인가에 대해 자주 자기 검열을
하도록 만들었지요.

　일단은 최선을 다해 걸었어요. 많은 것을 포기하고 그저 좋아하
는 일을 하기 위해 용기를 냈으니까요. 현실에 부딪히며 앞 구르기,
뒤 구르기를 해대며 견뎠어요. 하지만 고난에 부딪힐 때면 내가 지
금 제대로 걷고 있는 것인지 불안했어요. 돌 뿌리에 걸려 넘어지는
일이 잦아지고, 인생이 마음처럼 흘러가지 않을 때에 우리는 의심이
듭니다. 힘든 날은 침대에 누워서 '대체 무엇 때문에 이렇게 길을 돌
아가고 있지?'라는 생각도 들었습니다. 하지만 고심 끝에 결정한 일
은 되돌아 보지 않고 신념을 가지고 굳건히 걸어가야 합니다. 내가
좋아하는 일을 하고 싶다는 생각은 거친 길도 마다하지 않게 했습니
다. 목적지로 가는 길이 미로처럼 꼬이고 앞이 뿌옇게 보이지 않아
도 결국은 도착하게 마련이니까요.

　전공을 살리고 예정된 그 길을 갔더라면 어땠을까요? 모를 일
입니다. 단지 분명한 것은 힘든 일 없이 매끈하고 그저 반짝이는 길
만은 아니었을 겁니다. 모든 일은 쉽게 이루어지지 않고 내가 가는

길이 그저 제일 힘든 법이니까요. 하지만 좋아한다면 어렵고 힘든 일도 조금 더 잘 참아낼 수 있습니다.

　가능하다면 좋아하는 일을 하면 좋겠습니다. 그러기 위해서는 자신을 알아야 합니다. 자신의 기호와 취향도 내 안에 담겨 있으니까요. 그리고 미리 상황을 그려 봅니다. 비가 올 때는 어떡할 것인지, 햇빛이 너무 강한 날은 어떻게 지나갈 것인지 가늠해 보세요. 그런 날들이 예고 없이 닥치게 되면 나는 무엇을 할 수 있는지 생각해 봅니다. 그리고 일어나서 문을 박차고 길을 나섭니다. 노력하며 하루하루를 성실히 보내는 날들은 쌓여갑니다. 그것은 나도 모르는 사이에 내 안에 단단한 기둥을 만들어 줍니다. 그렇게 쌓아 올려진 기둥은 바람에 쉽게 흔들리지 않습니다.

　회사 탕비실에서 동료와 마주칩니다.

　"살 뺄 곳이 어디 있다고 그렇게 열심히 운동을 해요?"

　"아, 살을 빼고자 하는 것이 아니라 그냥 좋아서요."

　"네? 운동이 좋다고요? 힘들지 않아요?"

　운동을 그저 좋아서 한다고 하면 이해를 못하는 경우가 간혹 생깁니다. 행위를 함에 있어 목적은 저마다 다릅니다. 설명을 하려다가 이야기가 길어질 것 같아서 그만두고 맙니다. 모든 것을 애써 타인에게 설명하지 않아도 됩니다. 모두에게 이해를 받지 못해도 됩니다. 그저 내가 좋아하는 것을 하면 됩니다.

그저 좋아하는 것이 있다는 게 인생을 더욱 맛깔스럽게 만들어 주는 양념 역할을 합니다. 험난한 길을 지나갈 때에는 방패막이가 되어주는 나만의 비장의 무기가 되어주기도 하고요. 활력을 주고 위로가 되어주는 겁니다.

모든 것에 늘 명확한 목적과 이유가 있을 필요는 없어요. 우리에게는 사회에서 달성할 많은 목표들이 있잖아요. 그저 좋아하는 것하나 정도는 있어도 됩니다. 저마다의 취향이 다르기에 이해를 받지못한다고 해서 굳이 그들에게 세심한 설명으로 이해시킬 필요는 없습니다. 그저 내가 좋아하는 것을 즐겁게 하면 됩니다.

오늘도 수영 다녀오겠습니다.

밥벌이의 고단함

　그래픽 디자이너로써 밥벌이를 하며 살고 있습니다. 오랫동안 직장 생활을 했고, '잠깐 쉬고 싶다.'라는 생각이 들 때가 있어요. 5일을 일하고 주말 이틀은 확실하게 쉬고 싶고 열심히 일한 뒤에 꿀 같은 휴가를 떠나고 싶지만 여의치 않을 때가 많았어요. 쉰다면 도대체 어디서 생활비가 나온단 말입니까? 현실을 인정하고 출근을 합니다.

　디자이너란 직업은 시간이 지난다고 해서 늘어지거나 타성에 쉽게 젖는 직업은 아닙니다. 늘 머리는 깨어 있어야 하고 트렌드에 민감해야 하니 타성에 젖을 시간이 없어요. 오히려 살짝 쫓기는 기분이랄까요? 그렇다고 내내 깨어 있고 엉덩이를 의자에 붙이고 열심히만 한다고 잘 팔리는 디자인이 나오지도 않습니다. 경력이 오래되었다고 툭 치면 탁하고 아이디어가 튀어 오르지도 않고, 오히려 나이가 들면 머리가 굳고 유행에 뒤쳐질까 끊임없이 공부를 해야 합니다.

머리를 쥐어짜내도 도통 아이디어가 떠오르지 않는 날이 있어요. 급하니까 더 초조하고 일은 더욱 꼬여갑니다.

"어깨를 쫙 펴고 앉아! 젊은 사람이 왜 이렇게 어깨가 축 처지고 구부정하게 앉아 있어?"

갑자기 누군가 등짝 세리모니를 선사하는 바람에 정신이 퍼뜩 들어요.

"나가서 잠깐 머리 좀 식히고 다시 해. 얼굴 누렇게 떴어."

프로젝트를 총괄하시는 팀장님께서 말하십니다.

"일어나 봐. 나가자."

"네……."

"좀 쉬면서 해라."

"네, 근데 내일까지 마감인데, 시간이 워낙 촉박하고 유난히 일이 막히네요."

결국 사무실에 혼자 남았어요. 손이 아닌 발로 휘휘 스케치를 겨우 해놓고서는 찝찝한 마음으로 퇴근을 합니다. 집에 가서도 일이 영 머리에서 사라지지 않아 겨우 잠이 들어요.

결국은 지각 턱걸이 시간에 겨우 깨어나서는 없는 기운으로 역까지 뛰어 봅니다. 물도 한 잔 못 마신 채 잔뜩 갈라진 목으로 찬바람이 들어와서 기침까지 콜록거립니다. 계단을 두 칸씩 뛰어가며 겨

우 시간에 맞춰 전철을 타고는 사람들 사이로 구겨지듯이 기어들어
가 자리를 만들어 서 봅니다. 그제서야 몸에 힘이 쭈욱 빠지며 지하
철 창에 비친 영혼이 가출한 듯한 얼굴을 들여다 봅니다. 어제 팀장
님이 지적했던 그 어깨보다 10배는 더 처진 어깨에 다크서클까지 옵
션으로 장착한 내 모습과 마주합니다.

"휴~"

이리저리 현실에 치여 끌려 다닐 때, 문득 내가 어디로 가고 있
는지 기억조차 나지 않는 순간과 마주하면 혼란스럽습니다. 삶 속으
로 강제 연행되고 있는 느낌이 들어 우울에 빠지곤 합니다.

가끔씩 멈추어 서서 숨을 골라야 하는데, 살다 보니 이게 내 마
음대로 되지 않아요. 그렇다고 빚에 쫓겨 도망가는 사람처럼 헐레벌
떡 뛰어가지는 않아도 됩니다.

그래도 일은 할 만합니다. 힘든 과정을 거치고 매일을 수고하
면 성취감과 금전적인 보상이 따라오니까요. 임하는 태도에 따라 내
가 살아 있음을 느끼게 해 주기도 하고요. 오히려 일을 포함한 사회
생활이라는 굴레가 문제입니다. 불합리하고 비효율적인 규칙들을
지키라고 강요받거나 진상 고객을 만나게 되기도 하고, 외계인 같은
동료들이 적재적소에 배치되어 있거든요. 괜찮지 않은데 괜찮은 척
해야 하는 일들이 또 우리를 불편하게 합니다.

그럼에도 불구하고 일은 해야 합니다. 놀고 먹는 영역은 인간의 위대한 영역 중에 하나이고 그것에 나는 능하다고 자부합니다. 그러니 일하지 않고 하루를 아주 알차게 보낼 수 있다고 호언 장담하곤 하지만, 막상 일이 없이 놀기만 한다면 스스로에 대한 자부심을 갖기는 어렵고 성취감이 없는 삶을 견디지는 못할 것 같습니다. 단지 적당한 휴식이 필요할 뿐입니다.

그렇다고 휴식에만 너무 집중하다 보면 정작 먹고 사는 문제에 대해 안일하게 되어버립니다. 일을 제쳐 두고도 하고 싶은 일은 무수히 많지만, 하고 싶은 일을 하기 위해서는 해야만 하는 일을 완료해야 합니다. 노동의 대가로 주어지는 성취감, 경제적인 대가들로 내가 하고 싶은 일을 하는 것은 참 달콤하고 소중하잖아요.

금수저라고 한들 내내 놀고 먹는 것이 허락되지도 않고 그것만이 전부는 아닙니다. 누구나 밥벌이를 해야 합니다. 그러니 아프기라도 하면 나만 고생입니다. 살아있는 한 계속되는 고단한 밥벌이를 위해서라도 단단한 마음과 체력은 필수입니다.

나를 말해 주는 취향

　나에게는 나만의 취향을 듬뿍 담은 몇 가지 취미가 있습니다. 그 중에 하나는 턴테이블로 음악을 듣는 것입니다. 회사에서 진탕 깨지고는 친한 선배에게 알코올 면담을 신청한 어느 날이었어요. 선배는 단골집으로 나를 안내했어요. 건대입구역에 위치한 오래되고 허름한 바였어요. 한눈에 봐도 세월의 흔적이 가득했고, 그곳은 앤티크한 장식품들이 즐비했고, 우리가 앉은 바 체어는 곧 쓰러질 듯이 삐걱댔습니다.

　"여기가 음악이 끝내줘."

　주문한 안주는 거들떠 보지도 않은 채로 연거푸 쓴 술을 마시고 상사의 험담을 한껏 풀어내고 나니 그제서야 음악이 귀에 들려옵니다. 술에 취한 것인지 음악에 취한 것인지 모르는 상태로 한동안 멍

하니 음악에 집중하고 있으니 마음이 편안해졌어요. 주변을 돌아보
니 얘기를 나누는 사람보다는 가만히 음악을 듣는 사람들이 더 많은
걸 보니 조금 생소했습니다.

"여기 음악 신청도 되니까, 좋아하는 음악 신청해 봐."

가방에서 주섬주섬 펜을 꺼내서는 평소에 좋아하는 대만 가수
조안나 왕의 'lost in Paradise'를 신청했습니다. 가게 안에 그녀의
목소리가 울려 퍼지기 시작하는 동시에 전율이 느껴졌고 행복했습
니다.

"그래, 저거다."

그렇게 집에는 전수동 턴테이블이 왔습니다. 우연한 계기로 나
에게 새로운 취미가 생겼고, 구하기 힘든 LP판을 숨은 보물 찾기 하
듯이 구해서 음악을 듣는 것은 나의 행복한 일과 중에 하나가 되었
어요.

여유가 허락되는 아침에는 눈을 뜨자마자 전기 포트에 물을 팔
팔 끓인 뒤 커피를 내립니다. 텀블러에 담고는 출근 준비를 합니다.
동료들이 아침에 잘 시간도 없는데 커피까지 내려오는 부지런함에
감탄사를 날립니다. 그리고는 귀찮지 않냐고 물어옵니다. 귀찮기는
커녕 출근길이 두배쯤은 즐거워져요. 원두 봉투를 여는 순간, 내 코
를 자극하는 원두의 향을 맡는 순간부터 저절로 미소가 지어지고 행

복합니다.

좁은 집안 구석에 어떻게든 한 자리를 차지하고 있는 '페레미'라는 이름을 가진 자전거도 소개해 볼까 합니다. 8년째 꾸준히 한 자리를 차지하고 있는데요. 프레임에 'fremii'라고 자신의 이름을 새기고 있는 클래식 로드 자전거라 불립니다. 날씬한 크리몰리 바디를 자랑하는 클래식 자전거는 살뜰하게 지켜보면 그 매력이 배가 됩니다.

전자동 시대이다 못해 AI가 사람을 대체하는 세상에서 수동으로 조작하는 자전거를 타고 전수동 턴테이블로 음악을 듣는 생활을 합니다. 몇 걸음만 걸으면 새로운 카페가 나오는 데도 굳이 원두를 사서 집에서 내려 먹고 원두 찌꺼기를 버리고 세척해야 하는 번거로움을 마다하지 않습니다. 오늘도 미리 사둔 원두 봉투를 열고는 향에 취해 봉투에 코를 가까이 가져가 킁킁거리며 향을 맡습니다. 따뜻하게 커피 한 잔을 내려 마시고 가방에 운동복을 챙겨서 집을 나섭니다.

과정이 고단하고 귀찮을 수도 있어요. 하지만 내가 좋아하는 일을 찾고 그 과정들에 정성을 들이면 남이 보기에 귀찮고 번거로운 일들도 나에겐 그저 행복한 일이 됩니다.

그저 생각만 해도 나를 미소 짓게 하는 일들이 있게 마련입니다. 사람마다의 취향이란 것은 그렇게 다르기에 좋아하는 것도 다르고 행복을 느끼는 기준도 다릅니다. 행복이란 멀리 있는 것이 아닙

choco cookies

MY FAVORATE

Funny socks

Flat white

Books

t-shirt

vase

wood chair

lemon

mushroom table stand

plant

CAt

candle

니다. 내가 충분히 만들어 갈 수 있고 찾아낼 수 있어요.

　　당신은 지금 무엇을 떠올리며 미소 짓고 있나요? 그것을 내 곁에 두고 수시로 꺼내 보세요. 내가 좋아하는 것을 알아두는 것은 중요합니다. 힘든 날 나를 위로해 줄 든든한 에너지바가 되어줄 테니까요.

별일 없이 산다

아침에 눈을 뜨고 회사를 가고 일을 하다가 점심을 먹고 또 일을 하다가 퇴근을 하고 운동을 하고 집으로 갑니다. 사는 것이 특별할 것 없는 나날들이 이어집니다.

"재미난 것 없을까?"

이런 생각을 해 보지만 딱히 떠오르지도 않습니다. 삶은 특별할 것 없는 이런 날들이 모여서 만들어집니다. 막상 별일이라도 생기면 일상이 깨지고 고단해지기도 합니다.

"그래, 별일 없어야 좋지. 일상이 반복되는 이런 날들이야말로 평온의 날들이지."

같은 일상도 조금 더 관심을 기울이고 정성을 쏟다 보면 삶은 다채로워집니다. 아침에 눈을 뜨고는 간단한 스트레칭으로 몸을 풀

별일 없이 산다

별일 없는데 별일

어 봅니다. 평소에 좋아하는 음악을 틀어 보세요. 퇴근하는 길에 마트에서 신선한 야채를 사서 끼니를 챙겨 봅시다. 출퇴근 하는 길을 살펴보세요. 계절마다 옷을 갈아입고 있습니다. 사소한 변화에도 일상은 달라집니다. 늘 하던 일이지만 오늘은 더욱 즐거운 마음으로 임하며 즐겨 보세요. 조금은 특별하게 느껴질 겁니다.

오늘도 퇴근 후 수영장을 갑니다. 이왕이면 좋아하는 수영복과 수모를 챙기고 좋은 향기가 나는 샤워 젤을 챙겼어요. 회사에서 동료들과 간식으로 먹을 달콤한 초콜릿도 가방 한 켠에 넣어두고 나니 출근 길도 조금은 즐거워집니다.

내 주변의 사소한 것들에 의미를 부여합니다. 나를 행복하게 해주는 일은 멀리 있지 않거든요.

조금 더 정성스럽게 생활을 하려고 애씁니다. 오늘도 별일 없이 삽니다.

외롭지만 외롭지 않아

대학생이 되어 처음 자취를 하던 때입니다. 친구들과 헤어지고 나서 집으로 돌아가는 길이 그렇게 싫었습니다. 해가 떨어져서 어둑해진 골목길을 혼자서 터벅터벅 걸어서 컴컴한 방에 형광등을 켜는 일들에서 나는 외로움을 느꼈어요. 직장인이 되고 나서도 한동안은 집에 들어가자마자 항상 TV를 먼저 켰어요. 주변을 떠들썩하게 만들어야만 덜 외롭다고 느꼈습니다.

그런데 말입니다. 혼자여서 외롭다면 친구와 가족과 함께일 때는 외롭지 않나요? 외롭잖아요. 누군가 있어서 덜 외롭고 누군가 없어서 외로운 것이 덜하거나 더하지 않아요. 누구나 사람은 외로운 존재인 겁니다.

사람은 혼자서도 외롭지만 관계 속에서도 외로움을 느끼고 상처받습니다. 물론 함께라면 행복하고 힘든 일은 나누고 행복한 일이 배가 되기도 합니다. 하지만 외로운 마음에 누군가에게 기대고 싶을 때가 있어요. 하지만 관계란 모를 일입니다. 그게 나누어질지 고통이 배가 될지 모릅니다. 또한 결핍의 외로움은 불안정하여 집착이나 건강하지 못한 관계를 발생시킵니다. 내 마음이 건강해야 또 건강한 사람들을 볼 수 있는 눈이 생기고요. 함께 한다고 해서 반드시 외로움이 사라지지도 않습니다.

마음이 허전한 만큼 외로움은 더 자주 찾아옵니다. 허전함과 문제의 해결점을 나 이외의 타인에게서 찾거나 밖에서 해결책을 찾는다면 외로움에서 쉽게 벗어나기 힘이 듭니다. 외로움은 내 자신이 충만할 때 비집고 들어오는 일이 없습니다. 내가 나 혼자로서도 충분히 설 수 있으면 외롭다는 생각은 덜합니다.

어딘가에 기대어서는 마음이 충족되지 않습니다. 잠시는 기댈 수 있을 지 몰라도 오래가지 않아요. 그래서도 안 되고요. 나를 단단히 하고 온전히 혼자 일어설 수 있는 힘을 키워야 합니다. 외로움에도 훈련이 필요하고 나를 단단히 하는 과정이 필요합니다.

마치 외롭지 않은 듯이 사는 사람들이 있습니다. 혼자서 척척 잘 해내고 관계에 얽매이지 않고 스스로 충만해 보이는 그런 사람이요. 하지만 외롭지 않은 사람은 없어요. 단지 외롭지만 외롭지 않은 생활을 해 갑니다. 남의 시선에서 자유로워지면 나에게 좀 더 솔직

해질 수 있어요.

하지만 타인들은 쉽게 정의를 내립니다. 여자 친구가 없어서 외 롭겠다, 친구가 별로 없어서 외롭겠다, 혼자 살아서 외롭겠다 하고 말합니다. 정말 외로움을 느끼는 사람이라면 여자 친구가 없어서 외 로운 것이 아니라 그런 말들 때문에 외로워지기 시작하는 건 아닐까 요? 타인들의 추측과 오해가 그저 피곤한 일로 여겨지기도 합니다. 마음이 건강한 사람은 외로움을 외로움 그대로 받아들이고 적절히 외로움을 즐기기도 합니다.

사람들 사이에서 있을 때 살아 있음을 느낄 때도 있습니다. 하 지만 혼자 있는 시간을 충분히 즐깁니다. 오히려 혼자만의 시간이 꼭 필요하다고 느끼며 관계에서 오는 스트레스를 해소하거나 관계 를 잘 유지하기 위해서라도 혼자만의 시간을 꼭 가지려고 합니다.

"너는 혼자서도 운동하러 잘 가네? 나는 심심해서 못하겠던데."

자세히 들여다 보면 다수와 함께 하더라도 운동도 결국은 혼자 서 하는 겁니다. 함께 하면 친구들과 수다도 떨고 운동 후에 맛있는 음식을 먹을 수 있어요. 같은 취미 활동에 대해 이야기하다 보니 대 화에도 에너지가 넘치고요. 즐겁습니다. 하지만 혼자만의 운동도 그 만큼 즐겁습니다. 굳이 따지자면 나라는 친구와 함께하는 겁니다. 아무리 친구들에게 가족들에게 설명해도 이해받지 못하는 것들을 나라는 존재는 나를 가장 잘 받아들여 주고 다독여 주거든요. 내가

하는 이야기를 다 받아 주는 사람은 바로 내가 됩니다. 모든 것은 내가 온전히 혼자 즐길 수 있을 때, 그 누군가와 함께 해도 즐겁고 행복합니다.

함께 해야 에너지가 생기는 사람이 있습니다. 혼자일 때가 다수일 때보다 편한 사람이 있습니다. 우리는 각자의 모습대로 살아가면 됩니다.

혼자여도 괜찮아

—

회사에서 진탕 깨지고 나니 마음이 먹먹해요. 오늘은 맥주 한 잔 시원하게 들이키고 싶습니다. 막상 핸드폰을 열어서 전화번호를 뒤져 보니 마땅히 연락할 사람도 없어요. 철없던 시절처럼 "야, 지금 당장 나와 봐. 한 잔 하자."라고 하기에는 생각이 많아집니다. 결국 수영장으로 발길을 돌립니다.

"물질이나 하자!"

살면서 많은 선택의 기로에 놓이게 되고, 우리는 같은 출발선에서 달리더라도 갈림길에 서서 각자의 새로운 길을 맞이하고 또 새로운 출발선 앞에서는 여태껏 다른 길을 달려온 사람과 같은 길을 손잡고 가게 되기도 하지요. 서로의 길에서 멀어지면 관계는 유지하기가 참 어렵습니다. 환경이 달라지면 사람이 변할 수 있어요. 나도 변하고 남들도 변해갑니다. 자연스러운 일이에요.

점차 주어지는 책임이 많아지게 되면 자기 관리를 소홀히 할 수가 없게 되고, 심지어 결혼을 한 친구들은 가족들까지도 챙겨야 하니 시간을 점점 쪼개서 써야 하고 무게의 중심은 내 생활로 옮겨질 수밖에 없지요.

그렇다 보면 일단 서로를 이해해야 하지만 쉽지 않은 일입니다. 관계는 자연스럽게 연결되고 끊기고를 반복합니다. 최근에 만들어진 관계가 덜 깊고 오래된 관계가 반드시 깊지도 않습니다

예나 지금이나 관계라는 것은 참 어렵고 만들어진 관계를 잘 유지하는 것은 더욱 어렵습니다. 관계는 중요하지만 타인들을 이해하는 데 너무 과도한 시간을 쓰지 않았으면 좋겠습니다. 나도 나를 이해하지 못할 때가 있는데, 그들이라고 별수가 없을 것이고 나도 타인을 이해하는 데는 한계가 있습니다.

어린 시절에는 내가 조금 힘들더라도 일단 관계에 집중했어요. 관계에 에너지를 쓰느라 젊은 패기에 무리를 하기도 합니다. 내일은 내일의 태양이 뜨겠지 하고요. 태양은 뜨지만 나에게는 심심의 피로가 쌓여갑니다.

다시 생을 살게 된다면 관계에 쓰는 에너지를 줄여 나에게 좀 더 집중하며 책을 읽고 운동을 하며 나를 다져가고 싶습니다. 누군가를 온전히 이해한다는 것과 누군가가 나를 또 온전히 이해한다는

것이 참으로 어렵다는 것을 알고 있기 때문일 겁니다. 또 타인을 알아가기 전에 내가 나를 잘 알아가는 것이 더 중요하고 시급함을 압니다. 먼저 나를 알아야 관계 유지에도 도움이 될 겁니다.

모두와 좋은 관계를 유지할 수 없고 모두가 나를 좋아할 수 없어요. 내가 불편한 관계 속에서 지낼 필요도 없습니다.

지금은 한 둘이어도 좋으니 조금 더 밀도 있는 관계가 좋다고 생각합니다. 서로에게 다정다감하고 소소한 배려가 오가는 관계면 족합니다.

서로에게 힘이 되는 사람, 세월이 지나더라도 퇴색되지 않는 관계는 있습니다. 서로를 끊임없이 이해하려고 하는 마음과 배려가 필요합니다. 그런 관계는 쉽게 무너지지 않아요. 그런 관계에 집중하면 됩니다. 결국은 비슷한 사람들이 주변에 남게 되고 억지 관계를 유지하려 해도 결국은 멀어져 가게 되고요.

금요일 퇴근 시간이 가까워 오면 직장인들은 들뜹니다. 약속이 없는 사람이 드물어요. 여기 저기 불금, 불금하고 외칩니다.

"불금 보내세욧!"

"불금엔 운동이죠!" 하고 대답해 줍니다.

"악! 말도 안 돼!"

하고 타박을 주는 동료에게 인사를 하고는 운동복을 챙기고 룰루랄라 센터로 향합니다. 자신만의 불금을 보내면 됩니다. 혹시라도

혼자가 될까 봐 겁먹을 필요도 없습니다. '나는 안 돼, 나는 못 해' 라고 나의 한계점을 굳이 정할 필요가 없어요. 나는 생각보다 단단하고 단단하도록 만들어 줄 필요가 있습니다.

　꼭 누가 옆에 없더라도 혼자 밥을 먹고, 운동을 해 보세요. 내가 무엇을 먹고 있는지 어떤 근육을 쓰면서 운동을 하는지 더 잘 느낄 수 있게 됩니다. 온전히 혼자인 나를 즐기며 건강하게 지내세요. 결국 건강한 사람과 건강한 관계는 따라오게 됩니다.

일상이라는 루틴

TV에서 김연아 선수가 경기 전에 앞서 훈련을 하는 모습을 중계합니다.

"김연아 선수, 스트레칭을 하실 때는 무슨 생각을 합니까?"

"무슨 생각을 해요. 그냥 합니다."

방송을 보면서 김연아 선수의 무심한 듯 시크한 표정과 솔직한 답변에 박장대소를 했습니다. 그것이야말로 정답입니다. 무슨 생각을 해서가 아니라, 그저 늘 하던 습관대로 일상적인 스트레칭을 할 뿐입니다.

아침이면 정해진 시간에 일어나서 회사를 가고 일을 마치면 퇴근하는 길에 운동 센터에 들립니다. 갓 운동을 시작한 동료가 말합니다.

"대단해요. 가는 것이 귀찮을 만도 한데. 어떻게 꾸준히 그렇게 운동을 해요? 오늘은 비바람도 장난이 아닌데요."

"그냥 가요. 매일 가는데요, 뭐."

밥 먹듯이 운동한다는 말을 합니다. 습관은 그렇게 운동이 매일 먹어야 하는 밥 같은 존재로 만들어 줍니다. 그러니 비가 와도 눈이 와도 별반 다르지 않아요. 비가 와도 눈이 와도 밥은 먹으니까요.

학교, 회사, 관계, 가정, 모든 것이 늘 수월하게 돌아가지 않아요. 자주 시험에 들게 되고 나의 한계를 확인합니다. 우리는 마음을 다잡고자 하지만 어디 쉽나요? 흔들리는 내가 쉽게 일탈하지 않도록 일상을 견고하게 짜두었으면 합니다.

나만을 위한 의식을 만들고 하루를 지내봅시다. 출근을 하면 미지근한 물을 한 컵 따르고 커피 한 잔을 내립니다. 집에서 챙겨온 간단한 아침을 먹으면서 동료들과 인사를 하고요. 점심을 먹으면서는 괜한 위장 트러블을 야기시키기 않기 위해 업무 이야기는 하지 않습니다. 저녁에는 스포츠 센터에서 혹은 집에서 가볍게 몸을 풀며 스트레스를 녹입니다. 집에 돌아와서는 수영복을 찬물에 푹 담구고 염소물을 뺍니다. 좋아하는 음악을 틀어놓고 고양이들의 털손질을 해주고 내일 출근 준비, 운동복 준비, 아침거리나 간식 준비를 해두고 방을 한 번 닦습니다. 느긋하고 나른해집니다. 하루 종일 나를 괴롭혔던 일들은 일단 자고 나서 생각하기로 합니다. 생각하기 전에 운동으로 피로해진 몸은 이미 노곤해요.

또 하루가 시작됩니다. 회사에 가고 치이고 구르고 도를 닦고 이단 옆차기까지 하고 나면 퇴근 시간입니다. 또 다시 운동센터로 가고 있습니다. 주말의 하루 정도는 운동을 하는 데 시간을 보내고 또 좋아하는 카페를 찾거나 야외에 가서 초록색 잎을 보려고 합니다. 비슷한 일상이 무한 반복됩니다.

오늘도 나는 나를 흔드는 크고 작은 시련들 앞에서 나의 일상을 지키기 위해서 운동을 중요한 하나의 의식처럼 행하며 습관으로 만들기 위해 노력합니다. 일을 하고 밥을 먹고 밥 먹듯이 당연하게 운동을 하며, 마치 나를 단단히 해 주는 주문이라도 외는 듯이 운동이라는 습관을 일상 한 켠에 슬쩍 밀어 넣어 봅니다.

고양이처럼 무심하게

———

'코코와 앙꼬'라는 이름을 가진 두 마리의 고양이와 살고 있습니다.

고양이들과 살면서 그들을 관찰하고 있노라면 그들이 삶을 대하는 자세는 인간과 확연히 차이가 난다는 것을 알게 됩니다. 일단 배가 고프면 밥을 달라고 잠든 집사를 깨워댑니다. 배가 부르면 창가든 침대든 구석이든 어디서든 자리를 잡고 잘 잡니다. 굉장히 불편해 보이는 비좁은 창가의 문틈에 끼여서도 잘만 잡니다. 어떤 불편한 자리라 할지라도 더 없이 편하게 자리를 잡고서는 느긋하게 자는 겁니다. 아침에 환기를 하려고 창문을 활짝 열면, 몇 년 째 보는 창 밖 풍경에도 항상 흥분하고 기뻐해요.

한정된 간식만을 주고 있는 데도 질리지도 않는지, 간식 통을

227

살짝 드는 시늉만 해도 멀리서 귀신 같이 알아채고는 후다닥 뛰어옵니다. 그저 좋으면 옆에 와서 그르렁거리고, 집사가 귀찮게 굴면 가차없이 떠납니다. 출근이 바쁜 집사 앞에서 꼬리를 살랑거리며 느긋하게 걸으면서 비켜줄 생각을 하지 않습니다. "뭔 상관이야?" 합니다. 그저 솔직하고 본능대로 현재를 즐깁니다. 무슨 일이 있어도 그저 나른하고 느긋합니다. 그리고 고양이는 사람보다 빨리 잊고 쉽게 용서를 합니다.

쫓기듯 살아가는 일상에서 돌아와 집에 옵니다. 가만히 앉아서 그들을 보고 있노라면 문득 그런 생각이 듭니다.

"조금 더 느긋하게 마음먹어도 괜찮지 않아? 내 옷이 아닌 듯 불편한 자리가 주어지더라도 내 몸에 맞게 잘 고쳐서 입어 보면 되지 않을까? 밥을 먹을 때는 밥에만 집중하는 것이 좋지. 고민은 접어두고 일단은 푹 자는 것이 좋겠어." 하고요.

그렇게 고양이한테 삶에 대해 한 수 배우는 날이 있습니다.

처음 두 고양이들과 함께 하던 몇 년 간 겨울에서 봄으로 넘어가는 간절기가 오면 둘 중에 한 녀석이 꼭 아팠어요. 계절이 바뀔 때는 사람도 건강에 주의해야 하듯이 고양이도 비슷했습니다. 몇 년이 지나고 한동안은 별 탈 없이 보내며 안심했어요. 유독 추위를 많이 타는 집사 탓에 다른 집보다 뜨끈한 겨울을 보내고 전기장판에

같이 등을 지지며 겨울을 납니다. 날이 풀리면서 보일러 가동을 멈추고 전기장판이 활약을 중지해서인지, 명확한 이유는 알 수 없지만 몇 년간 잠잠하던 냥이들의 건강 상태에 올해는 경보가 울렸습니다. 둘째 고양이가 화장실을 수시로 들락날락하더니 방광염에 걸렸다는 것을 알았어요. 재빨리 데리고 갔다고 생각했지만, 티를 안 내는 녀석의 성격 탓에 집사는 마냥 괜찮다고만 생각했는데 상태가 썩 좋지 못하다고 합니다. 참을성이 많고 표현을 잘 하지 않는 고양이라서 눈치채기가 어려웠을 것이라고 말하며 수의사 선생님은 죄책감에 얼굴 빛이 어두워진 나를 토닥거려 줍니다. 며칠간 입원을 하고 퇴원을 해서도 집에서 링커 투혼을 해야만 했고 녀석은 밥도 먹지 못했습니다.

"밥을 조금이라도 먹어야 악화된 건강 상태가 회복이 될 텐데. 앙꼬야, 밥먹자. 응?"

둘째는 야속하게도 식사를 계속 거부했고 힘없이 누워있기만 했어요.

"얼마나 아프면 그럴까……."

사람도 아프면 입맛이 없고 기력이 없으니 이해가 가면서도 기운 없이 누워있는 모습을 바라보자니 속이 상했습니다. 큰일나면 어떡하지 하는 걱정이 가득했고요. 먹지 않으면 회복을 할 수가 없으니 밥을 어떡해서든 먹여야 하는 책임감이 막중했습니다. 믹서기에 사료와 약을 모조리 갈아서 강제 주입을 해야 했어요. 먹기 싫은데 억지로 먹이고 있으니 뭐 나쁜 것이라도 먹이는 냥 난리를 부렸어요. 옷에 사료 국물이 튀고 그야말로 난장판이 되곤 했습니다.

"먹어야 돼! 안 먹으면 큰일 나, 이 녀석아."

답답한 마음에 알아듣지도 못하는 고양이에게 두성을 써서 소리를 지르고 눈까지 부라려 봅니다.

방광의 힘이 조절되지 않으니 오줌은 여기 저기 싸고 다니고 기운을 차려야 하는 데도 밥을 거부합니다. 아픈 건 사람이나 고양이나 어쩔 도리가 없지만 곧 쓰러질 것 같은 모습으로도 밥을 내내 거부하는 것을 보니 미치고 팔짝 뛸 것 같았어요.

본인이 말라가며 죽음의 문턱이 코앞인 데도 본능적으로 먹기 싫으면 거부를 합니다. 길에서 사는 길냥이들과는 또 다르겠지요. 길에서 사는 고양이들은 자살을 하지 않는다고 합니다. 그들은 삶이 고단하고 수시로 죽음의 위험에 놓이게 되잖아요. 그러니 죽음을 생각할 겨를도 없고 단지 치열하게 살아남을 생각만을 합니다. 반면 집에서 사람과 함께 살아온 집고양이들에게 길고양이이 보여주는 삶의 치열함과 고단함은 강 건너 불구경입니다.

예전에 몸이 아픈 적이 있었는데요. 몸보다는 마음이 더 아팠던 터라 밥이 잘 먹히지 않았어요. 고양이와 똑같이 식음을 전폐하다시피 하니 몸이 더 쇠약해져 갔어요. 어린 시절부터 어리광은 용납하지 않으셨던 어머니께서 얼마나 걱정이 되셨으면, 나를 마치 어린 아이 다루듯이 시간마다 간식거리며 밥을 챙겨주시며 마음을 쓰셨어요.

"뭐라도 좀 먹어라. 그래야 기운이 난다."

그렇다고 어머니가 팔다리 멀쩡한 내 입을 벌리고서는 억지로 먹이지는 않습니다. 그저 스스로 할 때까지 지켜보고 도와줍니다. 스스로 밥을 떠 먹어야 합니다. 우리의 몸은 영양을 섭취해야만 살아갈 에너지가 생깁니다. 마음 또한 아픈 것을 치료하지 않고 방치하게 되면 곪아터지게 되고 영양을 공급하지 않으면 삶에 대한 의지가 점점 줄어들게 되구요. 마음이 아프면 반드시 몸이 고장이 납니다. 하지만 마음이 고장 나면 '누가 대신 좀 해결해 주지 않을까?' 하는 생각들도 떠오릅니다. 누가 대신 해 주지 않아요. 스스로 해야만 합니다.

스스로 일어나려는 의지를 가져야 합니다. 우리는 아무리 아파도 집고양이와 다르잖아요. 마음이 병들면 사고나 의지의 회로가 작동을 잘 하지 않습니다. 의욕이나 의지는 무너진 마음의 수렁에 갇히면 움직임이 원활하지 않아요. 상황의 심각성을 깨닫고 자발적으로 의식적인 행동을 하기에는 일어나고자 하는 욕구들이 좀처럼 생기지 않아요. 건강한 마음과 체력은 오로지 내 의지에 달려있습니다.

힘들어요. 하지만 일어나야 합니다. 의지와 의욕이 무너진 것이 단지 나만의 잘못은 아니란 것을 알고 있어요. 어떠한 대상에 대한 기대치가 못 미치거나 실패의 반복은 나를 무너뜨리곤 합니다. 나를 꺾어 버린 문제가 무엇인지 잘 살펴보아야 합니다. 종로에서 따귀 맞고 한강에서 눈 흘긴다는 말이 있잖아요. 상황을 정확히 짚어내고 다른 곳까지 병들게 해서는 안 됩니다. 내 마음을 힘들게 하는 부분이 파악되고 정 힘들다면 잠시 내려두어도 좋습니다. 그리고 내가 좋아하는 것을 찾아서 하며 지친 나를 다독여 주고 격려해 주어야 합니다. 나를 소중히 대할 때 비로소 살아갈 의지가 생기고, 마음을 비우고 주변을 돌아보면 힘든 순간에도 웃을 일이 하나쯤은 있다는 것을 깨닫게 됩니다. 저 바닥에 앉아서 우는 나를 달래주고 다시 일으켜 세워 줄 사람은 결국 나란 것을 잊지 않았으면 좋겠어요. 무엇을 하려는 의지는 그 누군가가 아닌 나 스스로 끌어내야 합니다.

Episode 4

비로소 나만의 방향과
속도를 찾아

—

돌고래처럼 유연하게

    지금 생각하면 왜 그렇게 매사에 고집스러웠나 하는 일들이 한두 가지가 아닙니다. 돌고래가 수영하는 모습처럼 유연한 자세로 인생을 바라보고 싶습니다.

    여러 가지 운동을 즐기고 좋아하는데요. 관중이 되기 보다는 직접 체험으로 익히고 싶어합니다. 좋아하는 운동 딱 하나만을 골라보라고 한다면 저에게 그것은 수영입니다. 운동도 사람처럼 자기와 잘 맞아서 영혼의 단짝처럼 느껴지는 종목이 있어요. 경험하면서 잘 찾아보면 무엇인지 본능적으로 알게 됩니다. 그렇게 만나게 된 운동 하나는 내 체력 단련에 도움을 주며 힘든 날 나를 위로하는 인생의 동반자가 되어주기도 합니다.

물속으로 들어가면 진공 속에 갇힌 것처럼 귀가 먹먹하고 세상
의 소음이 차단되는 느낌이 듭니다. 내 몸의 움직임과 내 몸에서 내
는 소리들이 잘 들리게 되고 그 상태에 집중하다 보면 방금 전까지
나를 힘들게 하던 걱정들이 어디론가 사라지곤 합니다. 하루 종일
앉아 있느라 고생한 목, 어깨, 허리 등의 통증이 물속에 마치 녹아버
리는 것처럼 통증은 둔감해집니다.

물속에서는 좀 더 유연해지고 말랑해집니다. 마치 돌고래라도
된 듯 돌핀 킥을 차고 나가며 물을 갈라봅니다. 수영을 시작합니다.
온전히 나에게만 집중하는 시간입니다.

물속에서처럼 삶이 조금 더 유연하다면 좋겠습니다. 살다 보면
세상이 마음 같지 않다는 것을 쉽게 느낍니다. 하나의 일이 풀려간
다 싶을 즈음에 또 다른 일이 폭탄처럼 떨어지기도 합니다. 때로는
좋지 않은 일이 연이어 나에게 달려들기도 합니다. 그럼에도 불구하
고 나아가야 합니다.

호흡에 신경을 쓰면서 팔을 뻗고 발을 차고 물을 가르면서 나아
가다 보면 어느새 도착해 있습니다. 이렇게 그저 내가 할 수 있는 것
을 찾아 묵묵히 수행해 갑시다. 결국은 도착하게 됩니다.

수영도 마음 같지 않아서 속상한 날이 이어지기도 합니다. 자유
형이 조금 나아져 있으면 이제는 배영이 문제예요. 일상도 그러합니

다. 회사에서 고민하던 일이 정리되는 찰나 집안에 문제가 생기기도 합니다. 하지만 멈추지 않는다면 어느 순간 달라져 있는 내가 보입니다. 힘들지만 지치지 않는 것, 그것이 중요합니다.

　　페이스를 유지하며 꾸준히 걸어가는 것이 중요합니다.

휘둘리지 않는 내 삶의 기준

우리는 다름에 대해서 유난스럽게 반응하는 것을 자주 봅니다.

각자의 스타일대로 입고 먹고 살면 되는 일인데, 애초에 누가 정한 것인지 모를 이래야 한다 저래야 한다는 사각형 박스 같은 룰을 만들어서 그 안에서만 움직이려 합니다. 또 그 공간을 넘어가는 사람들을 별난 사람으로 생각하기도 하며 색안경을 끼고 바라보며 다른 것은 틀린 것으로 생각하기도 하지요.

그리고 우리는 때로 불편한 질문들을 받기도 합니다.

"언제 취업할 거니?"

"그런 일 해서 먹고 살겠어?"

"더 늦기 전에 결혼해야지."

정작 자신의 삶에 대해서는 정확한 통찰을 하지 못하고, 책임지지 못할 타인의 일에 끊임없이 훈수를 둡니다. 그저 인생은 각자가 알아서 살아갈 일입니다. 내 것만을 잘 꾸려가는 것도 벅찬 나날들이잖아요.

세상에는 자신만의 확고한 기준을 사는 사람도 있지만, 그저 남들만큼이라는 기준으로 눈치를 보면서 살아가는 이들도 많습니다. 타인의 시선에 갇혀서 정말 이 길이 내가 가고 싶은 길인지, 내 생각이 정말 맞는 것인지도 혼란스러워 합니다. 혼란스러우니 더욱 남의 시선을 의식하고 눈치를 보며 남들만큼 해야 한다는 애매한 기준을 세웁니다. 남들만큼이기에 남들의 의견에 흔들리기가 쉬운 겁니다.

나는 나처럼 살아가야 합니다. 마이 웨이 마인드가 필요합니다. 실제로 남다른 선택을 하는 것은 남들만큼이 기준인 사람들에게 무수한 비난과 공격받을 가능성이 높습니다. 남다르니까요. 다름을 틀림으로 인지한 탓일 수도 있고, 나만의 길을 가는 당신에게 시기와 질투를 느껴서일 수도 있습니다. 흔들리지 않으려면 까짓것 하고 웃어 넘기는 담대함이 필요합니다. 나만의 생각을 고수할 판단의 기준들이 단단히 쌓여 있어야 합니다. 남들이 닦아두지 않은 그 길을 간다는 것은 용기가 필요하거든요.

막상 들여다 보면 사람들은 타인에게 '정말' 큰 관심은 없고 단순 호기심인 경우도 많아요. 본인의 삶을 살기도 바쁘니까요. 그리고 내가 고민하는 만큼 그들은 머리를 쥐어짜며 고민하지도 않습니

다. 지하철을 타고 주변을 한번 돌아보세요. 다들 각자의 핸드폰을 보거나 책을 보는 등 자신에게 집중되어 있습니다. 사람들은 특별히 타인에게 큰 관심이 없다는 것을 확인할 수 있어요. 잠시 부끄러운 모습을 보였다 할지라도 뭐 어때요. 그저 지나가는 사람일 뿐입니다. 호기심에는 흔들릴 필요가 없습니다. 나는 내 길을 가면 됩니다.

"어떤 운동이 나에게 맞을까요?"

운동을 자주 하다 보니 종종 그런 질문을 받습니다. 그것도 내가 해 봐야 알아요. 최대한 이야기를 듣고 이런 운동이 어떻겠니 하고 추천은 해 주었지만 결국은 여러 가지를 경험한 후에 나에게 가장 잘 맞는 것을 알아낼 수 있는 것은 자신밖에 없거든요. 같은 운동이라 할지라도 자신의 몸 상태와 환경에 따라서 속도 또한 달리해야 할 것이고요.

내 몸에 맞는 옷은 내가 가장 잘 알듯이 나에게 맞는 것을 잘 찾아서 본인의 상황과 상태에 맞게 취하고 꾸준히 하면 됩니다. 그저 자신이 선택한 길을 남들과 비교하지 않고 뒤돌아보지 않고 나아가는 신념이 필요합니다. 그 누구도 아닌 자신만이 그 답을 알 수 있고 또 그것을 찾아가며 살아야 합니다. 그렇게 나만의 이야기를 만들어 가야 해요. 인생은 정해진 것이 아니라 내가 선택한 조각들로 완성되어 가는 퍼즐과 같으니까요.

타인을 의식하지 않고 살아 갈 수는 없습니다. 하지만 내 삶의 기준이 더 중요합니다.

적극적으로 멍 때리기

　회사 동료들이랑 점심을 먹고서 커피를 한 잔 하려고 회사 앞 카페에 들어갔는데요. 계산대 앞에 재미있는 글이 써 있었어요.

　'이미 아무 것도 하고 있지 않지만, 더 적극적으로 아무것도 하고 싶지 않다.'

　"뭐지, 이 심금을 울리는 문구는?"

　프로젝트에 이리 치이고 저리 치이는 나날들을 보내고 있었던 터라 그 문구가 그렇게 반가울 수가 없었어요.

　지친 우리들에게는 아무 것도 하지 않는 날들이 필요했고, 아무 것도 하지 않더라도 더욱 더 아무것도 하지 않는 적극적임이 절실히 필요했거든요.

　'간절하다! 하지만 우리에게 그럴 시간이 어디 있냐' 하며 발걸음을 돌립니다.

고달프거나 힘든 일 앞에 서면 얘기하곤 합니다.

"아무 것도 하고 싶지 않아. 생각하고 싶지 않아"

그래 놓고 계속 생각은 멈추지 않고 끊임없이 떠오르니 기가 찰 노릇입니다. 안 좋은 생각일수록 더욱 더 머릿속에 한 자리를 차지하고서는 잘 나가지를 않아요. 잠을 자다가도 생각하고 밥을 먹다가도 생각하니 밥이 코로 들어가는지 입으로 들어가는 지도 모를 때가 있어요. 일을 하다가도 다른 생각에 깜빡 잠기곤 해서 의식이 안드로메다행입니다. 뇌를 풀가동해 봤자 결국은 넘쳐 흐르고 정리도 힘든데 말입니다. 해결해야 할 일도 생각이 너무 많아지면 그 생각들에 결국 발목을 붙잡히고 말고요. 멍 때리는 것도 의식적인 연습이 필요합니다. 갑자기 될 리 만무하니, 스위치를 끄는 연습부터 합니다.

예를 들어 가급적이면 점심 시간에는 일 얘기를 하지 않는 겁니다. 의식적으로 업무에 대한 이야기를 꺼내지 않습니다. 나의 정신 상태뿐 아니라 위장의 컨디션을 위해서라도 업무 스위치를 끄고 음식에 집중하거나 편한 이야기들을 합니다. 퇴근 이후나 주말에도 되도록이면 업무 스위치를 꺼두려고 하는 것은 결국은 휴식을 취하며 충전이 된 뒤에야 더 좋은 결과물을 낼 수 있다는 것을 알았기 때문이지요. 멍을 때리기 이전에 스위치를 끄는 연습부터 해야 합니다.

우리에게는 아무 생각도 하지 않는 멈추는 시간이 필요합니다. 열심히 달릴수록 우리는 잠시 멍~해지는 시간이 필요해요. 몸과 마음을 기본 상태로 돌려주는 시간이 있어야 합니다.

뇌과학 영역에서는 실제로 디폴트 모드 네트워크(default mode network)가 존재한다고 합니다. 멍하니 있을 때만 활동하는 뇌 영역입니다. 멍한 상태이거나 몽상에 빠졌을 때 활발해지는 뇌의 영역으로 휴지 상태를 나타낸다고 해요. 디폴트 모드 네트워크는 창의성과 통찰력을 높여준다고 합니다. 그저 멍하게 시간을 허비한 것이 아니라 오히려 창의성을 높여주고 스스로에 대해 살펴보는 시간이라는 겁니다.

그리고 집중할 때와 생각을 비우는 시간을 잘 구분해야 합니다. 매사에 집중을 하고 업무를 처리한 뒤 쉬는 시간에는 충분히 멍을 때려 줍시다. 디폴트 모드 네트워크를 활성화시켜 주어 나를 살펴보도록 하고 충전하는 시간을 가져야 합니다.

한가한 주말에 편안하게 소파에 앉아서 창 밖의 풍경을 멍하니 바라볼 때, 근처 카페에서 커피 한 모금 마시고 멍하니 앉아 있다 보면 이런 말을 할 때가 있어요.

"좀 살 것 같네."

진짜 살 것 같잖아요. 멍할 때 우리는 편안해집니다. 멍해서 편안하고 살 것 같다면 좀 더 적극적으로 멍을 때려야 합니다.

자, 오늘은 우리 모두 뇌의 스위치를 잠시 내리고 멍 때리는 시
간을 가져 봅시다. 보다 적극적으로!

힘 빼기의 기술, 여유

오다 가다가 인사를 몇 번 한 적이 있는 직원 분이 물어봅니다.

"어떻게 하면 수영을 잘 할 수 있어요?"

당황하던 찰나 연타로 질문이 날아옵니다.

"그리고 몸이 자꾸 가라앉고 고개를 돌려 숨을 쉬려고 할 때도 몸에 힘이 너무 많이 들어가요."

친하게 지내는 동네 언니는 처음으로 수영을 배우겠노라며 씩씩하게 수영장으로 들어섰는데, 며칠이 지나지 않아 당황스러운 얼굴로 질문을 합니다.

"왜 몸이 물에 안 뜨니? 뜨지를 않아!"

"……."

두 가지 경우 모두 답은 하나예요.

"몸에 힘을 빼는 것입니다."

힘을 주지 말라는 것이 아니라 힘을 뺀다는 겁니다. 만져도 손에 잡히지 않는 물에 몸을 눕히려다 보니 두렵고 겁이 납니다. 당연히 몸에 잔뜩 힘이 들어가고요. 이불 위에 살포시 눕듯이 물 위에 누워 보세요. 힘을 주고 버둥거리지만 않으면 거짓말처럼 그저 둥둥 떠 있을 수 있게 됩니다. 반대로 힘을 주면 몸은 점점 가라앉게 됩니다.

잘하고 싶을 때도 마찬가지입니다. 온 몸에 힘을 주고 힘으로 물을 가르며 갈 수는 있어요. 하지만 몇 배로 힘이 듭니다. 힘을 빼는 연습을 해야 합니다. 간혹 수영장에서 힘 접영을 하는 분들을 마주합니다. 물을 타면서 흘러가는 것이 아니라 물하고 원수라도 진 것처럼 물을 때리고 부시면서 갑니다. 보고 있으면 같이 용을 쓰게 됩니다. 몸에 힘을 빼고 물에 적응하는 연습을 해야 해요.

시작할 때, 그리고 잘하고 싶을 때 두 가지 모두를 순조롭게 해주는 것은 힘을 빼야 한다는 것임을 잊지 마세요.

세상 돌아가는 일들도 너무 힘을 주게 되면 막상 실전에서 실력 발휘를 못하는 일들이 생겨서 속이 상하기도 합니다. 잘해야 한다는 마음이 몸을 긴장하게 만듭니다. 누군가가 지켜보고 있거나 다수의 앞에서 할 때는 몸이 굳어버리기도 합니다. 평상시에는 수다 머신인데도 긴장을 하면 말 한마디 나오지 않는 것처럼 몸도 긴장하면 실력 발휘를 하지 못하게 됩니다.

　쉽지 않지만 최대한 마음을 편히 먹고 힘을 **빼면** 여유가 생깁니다. 여유로운 마음으로 집중을 하면 됩니다. 마음을 조금 내려 두면 주변을 돌아볼 수 있는 여유와 더불어 웃을 수 있는 여유가 생깁니다. 온몸을 뒤덮고 있던 긴장감이 **빠지면서** 덩달아 마음이 말랑해지니까요. 힘을 **빼고** 물의 흐름에 몸을 맡기면 좀 더 수월하게 나아갈 수 있게 됩니다.

두려움과 불안을 다루는 3단계

　인생은 그 누구도 알 수 없기에 불안을 동반합니다. 하고 싶은 일은 많고 열정도 많지만 어디로 가야 할지 막연하고 불확실하면 두려움이 생깁니다. 방향은 그 누구도 알지 못하고 불확실한 미래를 향해 가야 하는 것은 누구나 같아요. 앞으로 나아가는 일은 설레지만 잘하고자 하는 마음은 긴장을 부르고, 생소한 길의 낯섦은 두려움을 가져옵니다. 가보지 않았기에 불안하고 한발 다가서기가 겁이 납니다. 당연한 일입니다.

　두려움을 느끼는 이유를 들여다 보면 목적을 이루고자 하는 내 마음, 잘 해내고 싶은 내 안의 소망들 때문입니다. 두려움과 불안을 잘 다루기 위해서는 첫째, 나는 어떤 그림을 그려나갈 것인가를 정해야 합니다. 다른 사람의 삶의 방식이 아닌 내 삶을 어떻게 그려갈 것인지를 스케치합니다. 우리는 스스로가 만들어야만 하는 삶의 레이아웃을 사회가 만들어 놓은 관습과 규칙을 답습하라고 교육받으며 성장합니다. 정신을 바짝 차리지 않으면 나도 모르게 끌려가고 맙니다. 많은 사람들이 자신에 대해 잘 모르고 사람들은 스스로를 돌아보고 알아가려고 하지 않습니다. 내가 얼마나 힘든지, 왜 하는지, 무엇을 좋아하는지, 내가 하는 일이 가치가 있는지 모른 채 살아갑니다. 목표와 목적이 명확하면 쉽게 흔들리지 않습니다. 둘째, 두려움을 딛고 부딪혀야 합니다. 셋째, 일단 시작하면 뒤돌아보지 말고 성실히 나아갑니다.

시간이 지나면 성공과 실패의 여부에 상관없이 한 단계 성장한 모습을 알 수 있게 됩니다. 도전하고 경험하며 성공과 더불어 실패도 맛보다 보면 그 순간들이 모여 내 삶을 구성하게 됩니다.

스타트 이야기

수영을 한참 열심히 할 때였어요. 강습만 가면 스타트가 그렇게 무서운 겁니다. 스타트하려고 줄만 서도 일단 심장이 미친 듯 뛰었어요. 팔다리에 힘이 빠지고 후들거렸죠. 밥을 안 먹어서 떨리는 것은 아닐까 하고 밥을 잔뜩 먹고 가기도 했는데, 속만 더부룩할 뿐 별 소용이 없었어요. 크게 후하후하 심호흡을 해도 안 되는 날이 계속되었었고, 스타트는 나의 수영 생활에 있어 내내 숙제로 남았어요.

일단 뛰고 싶었습니다. 그것도 아주 우아하고 멋지게요. 그렇게 스타트 성공 프로젝트는 시작되었습니다.

출퇴근 시간 동안 열심히 유튜브 영상을 보면서 스타트를 처음부터 다시 익혔고, 영상을 바탕으로 머릿속으로 끊임없이 시뮬레이션을 했지요. 연습을 많이 해 보면 좋을 테지만, 일주일 중에 수영장에서 스타트를 시도할 수 있는 날은 단 하루, 그마저도 여러 사람이 돌아가면서 2~3번 뛰고 나면 기회가 없어요. 위험하다는 이유로 강습 이외의 시간에는 혼자서 뛸 수도 없습니다. 하는 수 없이 침대 위에서 잠옷 바람으로 올라섰어요. 꿀렁거리는 매트 위에서 자세를 취하고는 뛰어내리는 동작을 연습합니다. 세상 우스꽝스러운 자태일 테지만, 나는 홀로 진지합니다. 거실 바닥, 회사 화장실 바닥 할 것 없이 바닥만 있고 사람이 없는 곳이면 수시로 입수 자세를 취해 봅니다. 몸에 익히고 적응이 되어 있어야 두려움의 순간에 큰 생각 없이 뛸 수 있다는 전략입니다. 스타트를 하려고 올라서면 일단 머리 속부터 새하얘지곤 해서 생각이라고는 도통 나지 않으니까요.

용기를 내어 스타드 대에 올라서 봅니다. 보통 스타트 대는 수면에서 50~75센티미터 정도라고 합니다. 거기에 올라서니 높이가 주는 공포감에 사로 잡혀서 시뮬레이션이고 뭐고 자꾸만 겁이 납니다. 그 높이에 압도된 나머지 나는 입수하면서 고개를 자꾸 높이 쳐들었어요. 수면을 향해 고개를 푹 숙여야만 매끄러운 입수를 할 수 있는데, 두려운 마음에 하늘로 솟아오를 듯이 고개를 들어대니 물과의 마찰로 수경이 자꾸 벗겨지곤 했어요. 두려움과 실패로 자존감이 다시 급하락했고 도전하고 싶지 않아졌습니다.

강습반이 바뀌었고, 귀엽지만 호랑이처럼 엄격한 강사님이 배정됩니다. 두근두근 스타트 데이가 되었습니다. 이전 반과는 달리 대부분 스타트 대에서 뜁니다.

'이를 어쩐다.'

"저 밑에서 뛸게요."라고 말했지요. 도저히 용기가 나지 않았거든요. 실패의 굴욕도 맛보고 싶지 않았고, 스타트를 성공했으니 된 것이라고 자족했어요. 강사님은 몇 번 허락해 주셨어요. 매번 습관처럼 말했습니다.

"저 밑에서 뛸게요."

"언제까지 여기서 뛰실 거에요? 그냥 위에서 뛰세요." 하며 아주 저음으로 단호하게 말했습니다.

스타트 대에 올라서는 것보다 순간 강사님의 단호함이 더 무서워서 엉겁결에 스타트 대에 올라가 있는 나를 봅니다. 두려움이고 뭐고 비집고 들어올 틈이 없습니다. 구령에 맞춰 뛰어야 했어요.

"GO!"

어떻게 되었냐 하면요. 잘 뛰었습니다. 두려울 틈 없이 생각이 비워지니 몸이 그냥 풍당 하고 뛰어 들어간 겁니다. 바닥에서 뛰던

것과 다름 없이 아주 잘 뛰어 들어갔어요.

"에엣? 나 지금 수경도 안 벗겨지고 얼굴치기, 배치기 없이 잘 뛴 거야?"

환희를 느끼며 온몸이 짜릿해지더니, 이내 물속에서도 비질비질 웃음이 새어 나왔어요. 숨을 내쉬려고 고개를 옆으로 돌리는 데도 웃음이 나와요. 아마 안전 가드를 서고 있던 강사님이나 누군가가 보기라도 했다면 별 희귀한 사람 다 보겠네 했을 겁니다.

'우아아아! 내가 해냈어!' 오랫동안 기다려온 그 성취감이란. 세상을 다 가진 기분이 듭니다.

"이게 뭐라고. 어차피 뛸 건데 진작에 뛸 걸 그랬지."

재미있는 건 그 뒤로 스타트 시간이 기다려진다는 거예요. 뛰어야 실력이 느니까요. 그리고 그 환희를 반복해서 느끼고 싶었어요. 아직도 스타트 전에는 가슴이 두근거리고 수경도 가끔 벗겨집니다. 하지만 이제는 앞에 서서 일단 뜁니다. 마음이 두렵다고 불안하다고 말하나요? 제가 호랑이 강사님 대신 말해 드릴게요.

"언제까지 그러고 있을 거예요. 그냥 뛰세요."

알 수 없는 미래에 대한 두려움과 불안으로 시간을 보내기 보다는 그 자리에서 그저 최선을 다해 봅니다. 내가 할 수 있는 일을 찾아서 경험하고 몸소 익혀야 합니다. 집중하며 몸과 마음이 바짝 적응하도록 만들어 두세요. 다가올 미래에 대한 두려움과 불안을 저 멀리 떨쳐 낼 수 있는 가장 좋은 방법이라고 생각됩니다.

일상의 테러에 대처하는 자세

야근이 줄기차게 이어지던 어느 봄날입니다. 주말 출근은 기본이요, 빠르면 11~12시에 퇴근을 했습니다. 새벽에 퇴근하는 날도 빈번했는데 그렇게 몇 달을 지내다 보니 몸과 마음이 지치다 못해 망가지고 있었지요. 동료들은 하나같이 예민했고 나 또한 예민보스의 향을 풀풀 풍기며 앉아 있었습니다. 점심 시간에는 끼니를 거른 채 담요를 덮어쓰고는 책상에 널브러져 잠을 청하는 동료들이 여기 저기 보였고, 책상에는 커피 잔이 쌓여갔어요. 각자 버티느라 위로는커녕 서로에게 짐이 되는 일은 하지 말자는 생각으로 함께 버텼습니다.

그날도 자정을 훌쩍 넘기는 시간까지 업무를 했습니다. 마지막까지 남은 몇몇이 문을 잠그고는 사무실을 나섰어요. 봄이었지만 새벽 시간의 바람은 차가웠습니다.

"수고했어요. 다들 눈 좀 붙이고 내일 무사히 출근하자고요."

"내일 출근할 거죠?"

괜한 농담도 해가며 서로를 격려하며 인사하고는 한 사람씩 택시를 잡아타고 갑니다.

쪽잠을 자고 다시 출근할 생각을 하니 눈물이 앞을 가렸지만, '일단 집에 들어가서 뜨끈하게 데워진 전기장판 위에서 피곤하고 지친 몸을 녹여 보자.'라는 생각만 가득 합니다.

현관문을 열어 젖히니 고양이가 반겨줍니다. 아기 고양이가 우리 집에 오고 나서부터 얼마 지나지 않아 퇴근 시간이 급격하게 늦어졌고, 고양이는 집사와 같이 살았던 6개월 중에 절반 이상을 밤늦게까지 혼자 집을 지켜야 했던 시기였어요. 집사가 귀가하자 잠이 들어버리고 일어나자마자 출근을 하는 모습을 지켜봐야 했지요. 놀아주는 시간도 다정하게 말을 걸어주는 시간도 적었습니다. 미안한 마음을 안고 지내면서도 어쩔 도리가 없었습니다. 나는 물에 적셔진 솜 같은 몸을 이끌고 고양이를 대충 쓰다듬고는 침실로 직행했어요. 불을 켜는 순간 나는 내 눈을 의심했습니다.

"저게 뭐지? 설마……."

이불은 고양이가 응가 테러를 해둔 흔적으로 엉망이 되어 있었어요. 더욱 믿을 수 없는 것은 이것이 과연 한 마리가 해 낸 것인가

할 정도의 양이어서 경악했습니다.

"이 녀석 큰 사고 쳤구나. 아니 동네 냥아치들 다 불러 모아서 응가 정모라도 한 거야 뭐야? 야 이놈아!!!"

이불 곳곳의 테러 흔적은 내 사고를 마비시켰는지 나는 한참을 멍하니 서있었어요. 충격적인 모습을 처리하기에는 몸이 너무 지쳐 있었어요. 가까스로 정신을 차리고서야 상황을 수습하기 시작했습니다. 이것 저것 정리를 하느라 허리가 뻐근했는데, 그 모습을 고양이는 멀리서 시침을 뚝 떼고서는 멀뚱히 바라보고 있습니다. "무슨 일로 집사는 저렇게 바삐 움직이지? 나는 도저히 모르겠소." 하는 얼굴입니다.

"어이구, 저 얄미운 놈. 하필 이렇게 지치는 날에 나를 더 힘들게 하냐?"

마무리를 하고 바닥에 주저앉아 있으니 날이 밝아옵니다. 넋을 놓고 창 밖을 바라보고 있자니 절로 한숨이 새어 나왔습니다. 고양이가 내 곁으로 슬그머니 옵니다. 분위기 파악이 영 안 되는지, 이 녀석은 기운이 빠질 대로 빠진 내 다리에 붙어서는 머리를 비벼대며 애정을 표시합니다. 그리고는 기대어 잠을 청합니다.

현실감 제로인 그 평화로운 얼굴을 바라보고 있자니, 갑자기 미안한 마음이 들었어요.

"너도 힘들었구나. 미안해. 근데 말이야. 나도 너무 힘이 들어"

고양이에게 미안하고 지쳐버린 나에게도 미안한 마음이 들어 소리를 내어 한참을 울었습니다.

"나는 과연 행복한가? 고양이는 행복할까?"

나는 그제서야 내가 걱정됐습니다. 고양이도 걱정 되었지요.

"우리는 어떻게 하면 행복할 수 있을까?"

동이 트고 몸이 으스러질 정도로 피곤했지만 잠깐도 눈을 붙일 수가 없었어요.

아침이 되면 요란한 알람 소리에 일어나고 잠이 덜 깬 상태로 출근 준비를 하고, 정신은 반쯤 나가 있는 상태로 산발이 된 머리칼을 흔들며 지하철을 향해 냅다 달리고, 또 파김치가 되어 퇴근을 하는 날들은 마치 나를 코마 상태에 빠뜨리는 것 같았습니다. 고양이의 대단한 응가 테러를 받고 나서야 정신이 든 겁니다. 그런 의미에서 나의 고양이는 대단한 존재입니다.

그 뒤로도 업무는 갑자기 줄어들진 않았어요. 하지만 회사 내에서 해결책을 요청해 보기도 했고, 협의를 시도했습니다. 크지는 않았지만 개선점을 찾아주었어요. 그렇게 숨구멍이 조금 트이기 시작했습니다.

쫓기듯 달려갈 때일수록 주변을 돌아보고 나를 돌아봐야 합니다. 고양이가 없으시다고요? 다행이군요. 하지만 내 건강에 테러가 가해질 수도 있는 일입니다. 하나에만 너무 몰두하게 되면 균형이 깨지기 마련입니다. 건강뿐 아니라 관계에도 금이 갈지 모를 일입니다.

사회 생활을 하다 보면 개인이 정할 수 있는 한계라는 것은 분명히 있습니다. 느리게 천천히 가고 싶은 내 마음과는 달리 무리를 강요받기도 하고요. 내가 원하는 대로 살고자 하지만 현실은 그렇지 않을 때가 많습니다. 나와 회사와의 간극이란 극명하게 보입니다. 어느 하나의 뜻대로만 살아갈 순 없어요. 아직도 명확한 답을 찾지 못했습니다. 단지, 쉴 수 있는 시간이 주어지면 달콤하게 즐기며 온전히 나를 쉬도록 해 주며 템포를 조절합니다. 그리고 쉽게 지치지 않도록 틈틈이 운동을 하며 체력을 기릅니다.

의미 없는 일은 없다

운명이란 것을 믿지는 않습니다. 하지만 가끔 이런 생각을 합니다.

"지금 나에게 이런 일이 주어지려고 과거에 그런 일이 있었을까?"

예상하지 못한 뜻밖의 일이 주어지고 과거의 경험이 의도하지 않은 채로 자연스럽게 그 일과 연결이 되어 있을 때 말이죠.

회사에서 힘든 일이 한꺼번에 쏟아졌어요. 매일이 버거웠고 업무는 잘 풀리지 않았습니다. 최선을 다하려고 무리를 했어요. 설상가상으로 관계에 오해가 생기기도 해서 몸과 마음이 지칠 대로 지쳐 갔어요. 굳센 마음으로 대처하면서 시간을 흘려보냈지만 역부족이었나 봅니다.

몸보다는 약해져 가는 마음이 더 문제였어요. 대자로 누워버리고 싶은 마음도 있었습니다. '될 대로 되라.' 하고요. 하지만 약한 마음에 치여 몸까지 약해지면 그 때는 내가 나를 잡아 끌 수 없을 것 같았습니다. 퇴근 후 악착같이 수영을 갔어요. 운동을 하면 그 순간에 집중하느라 생각을 비울 수가 있어 좋습니다. 하지만 수영도 역부족이었어요. 내가 좋아하는 것들을 하며 나를 위로해야 했습니다. 비장의 카드들을 하나씩 사용했습니다. 수영하는 모습과 그날 배운 수영의 좋은 자세, 사랑하는 고양이들을 그림으로 남기며 힘들게 흐르는 시간 속에서 나를 달래는 이야기들을 조금씩 기록해 가며 힘을 냈습니다.

힘든 시간 속에서는 허우적댈 수밖에 없어요. 하지만 지친 나를 위로하며 방향키를 놓치지만 않는다면 언제 무슨 일이 있기라도 했냐는 듯 무덤덤하게 인생을 걸어가는 내 모습을 발견하게 됩니다.

가끔 내 의지로 되지 않는 일들이 생기곤 합니다.

"최선을 다 해도 되지를 않네. 의미가 없구나."

마음이 지치는 날에는 절로 튀어나오는 말입니다. 실패를 경험하거나 예상하지 못한 일 앞에서 우리는 그 순간의 고통 속에서 괴롭기만 합니다. 또한 앞 일은 도무지 알 수 없기에 그저 답답한 마음을 갖게 됩니다.

우리는 결과를 모르는 수많은 일들을 선택하며 삶을 보냅니다. 실패가 명확하게 예측되는 선택들을 하며 살지는 않아요. 성공 또한 예측하기가 어렵습니다.

유난히 구불구불한 길을 지나갈 때는 삶의 무게가 버겁고 마음 쓰임 탓인지 같을 일도 두 배로 힘이 들어요. 하지만 하루를 묵묵히 지나다 보면 의미 없는 순간들은 없다는 것을 알게 됩니다.

"아, 이 일을 하려고 내가 길을 돌아 왔구나." 하는 날이 오거든요.

그러니 잠깐의 실패로 삶을 내팽개치고 내려둘 필요는 없는 것입니다. 앞으로 어떠한 일들이 내 앞에 펼쳐질지는 계속 가봐야 알 수 있으니까요.

주저앉지 않는다

　나의 아버지는 태권도 유단자였습니다. 형제가 많았는데 모두가 태권도 유단자였어요. 아버지가 형제들과 함께 다 같이 도복을 맞춰 입고 찍은 사진이 있는데, 그 사진을 보면 그렇게 멋질 수가 없었어요. 아버지는 내가 아주 꼬마일 때부터 헬스장을 꾸준히 다니셨어요. 가끔 아버지 손을 잡고 헬스장을 따라가서 운동하는 아버지를 구경하기도 하고 매트리스 위에서 뛰어다니며 운동이 끝나는 시간만을 기다렸다가 아버지랑 맛있는 군것질을 하고 들어가곤 했어요. 아버지는 요즘 말로 몸짱이었는데, 내 눈에는 그런 아버지가 세상에서 제일 멋있고 잘생겨 보였습니다. 나는 아버지를 참 많이 닮은 것 같습니다. 외모도 그렇지만, 운동의 적성도 닮았습니다. 운동 중에서 대개 몸을 쓰는 종목을 좋아합니다. 그래서인지 운동을 하면 자주 아버지 생각이 나요. 어머니와 남동생은 상대적으로 구기 종목에 능합니다. 저는 공은 피할 줄만 알지 잘 다루지는 못해요. 배드민턴만 치더라도 정확히 헛스윙을 해 댑니다.

새벽에 겨우 잠이 들었는데, 현관문 열리는 소리가 들려 잠이 깼어요. 오랫동안 아버지가 운영하던 사업체가 잘 운영되지 않았고 부도가 났습니다. 우리 집의 분위기는 꽤 오랜 기간 동안 살얼음판이어서 나는 좀처럼 잠을 들기가 쉽지 않았어요. 내가 고민하고 잠들지 못한다고 한들 해결할 수 있는 것이란 아무것도 없던 갓 20대를 넘은 날들이었어요.

갑자기 기울어진 가세로 아르바이트를 이것저것 닥치는 대로 해야 했는데, 마음은 늘 지쳐 있었고 앞날이 잘 보이지 않았습니다. 하루하루 무기력한 삶을 버텨 나가고 있었어요. 나는 부모님이 원망스러웠습니다. 하지만 내 생계를 전적으로 책임지는 지금 이 순간에 돌이켜보니 나 하나 먹고 살기도 바쁜데, 먹여 살릴 식구가 본인 이외에 셋이나 더 있었던 아버지는 얼마나 막막했을까 하는 생각이 듭니다.

아침 동이 틀 무렵이었는데 아버지는 그렇게 늦은 귀가를 하시고는 알코올 냄새를 풀풀 풍기십니다.

지금이라면 '아버지, 일이 잘 안 풀리세요? 딸하고 한 잔 더 하실례요?' 하고 살갑게 아버지 곁에서 의미가 없는 수다를 섞어가며 이야기 동무가 되어드렸을지도 모르겠습니다.

가세가 기울어진 뒤로 아버지는 몸에 맞지 않는 술, 평생 잘 드시지도 않던 소주잔을 너무 자주 기울이셨고, 안색은 점점 더 어두워져만 갔지요. 처음에는 큰 길가에 나가서 아버지가 오실 때까지 전화를 하고 마중을 나가면서 술을 그만 드셨으면 한다고 그렇게 부탁도 해 보고 화를 내기도 했습니다.

"이젠 포기하자. 정말 진절머리가 난다."

나는 아버지를 온전히 이해하지 못했습니다. 아니 이해할 수 있는 마음의 너비도 가지지 못했고 이해하고 싶지 않았는지도 모르겠습니다.

소주 냄새, 고기 냄새가 진동하여 잔뜩 찌푸린 얼굴로 눈을 떠 보니 내 방문으로 빼꼼히 나를 들여다 보시면서 "일어나 봐라." 하십니다.

더욱 더 짜증이 솟구쳐서는 화가 난 말투로 "뭐에요. 그냥 가서 주무시지." 하고 퉁명스럽게 대답했습니다.

아버지가 새하얀 핸드폰을 저에게 건넵니다. 얼마 전 핸드폰이 고장난 채로 더 답답한 생활을 하며 좀처럼 이전 같은 밝은 모습을 보여 주지 않는 딸이 마음에 걸렸는지 새로 나온 핸드폰을 조용히 주셨어요.

'팍팍한 생활에 새 핸드폰이라니……'

감사하다는 말도 하지 않은 채로 이불을 획 덮어쓰고 다시 잠들어 버리려고 하니, 아버지는 네가 좋아할 것 같아서 사왔노라고 하시면서 방문을 닫고 나가셨어요. 거기에서 그치지 않고 전화가 잘 되는지 자꾸 바로 옆 방에서 두어 번씩 전화를 걸어보십니다.

"아유 짜증나, 저 잘게요."

아침에 일어나서 핸드폰을 꺼내 보니 그렇게 좋았으면서요. 그때의 저에게 달려가서 꿀밤을 한 대 쥐어박아 주고 싶어요. 하지만 또 따뜻하게 안아주고 싶습니다. 그 때의 나는 모든 것이 실패한 것처럼 느꼈고, 인생이 참 하찮고 별 것이 아니구나 하고 생각했습니다. 무엇인가를 해낼 줄 알았던 내 삶이 절망으로만 가득 차 있었어요. '결국 아무 것도 아니고 대단하지도 않구나. 이대로 살아간다면 정말 의미가 없어.'

별것 아닌 것들이 모여 내 인생을 이룬다는 것을 그때 알았더라면 얼마나 좋았을까요? 그랬다면 나에게 주어진 찬란한 청춘이란 시절을 그렇게 숨어서 지내지 않았을 텐데. 스스로에게 많은 상처를 줘 가며 소중한 20대를 삶에서 도망쳐가듯이 지나오지는 않았을 텐데 말이에요.

아버지는 뭐가 그리 급하셨는지 입원하신 지 세 달 정도가 되었을 때 저희 곁을 영원히 떠나버리셨어요. 나는 자리에 주저 앉았습니다. 몽둥이로 한 대 맞은 느낌이었습니다. 믿을 수가 없었어요. 믿고 싶지 않은 일이 현실로 나타나면 인지하는 속도가 느려지는 것 같습니다. 아버지에게 한참은 더 징징거리며 기댈 수 있을 것이라 생각했던 내가 한심하게 느껴졌습니다. 한치 앞을 모르며 아버지를 향해 원망 가득한 목소리만을 내오던 몇 년간이 너무 후회스러웠습니다.

이제 와서 발버둥을 쳐봐야 소용이 없는데도요. 날이 유난히도 눈부셨습니다. 봄에서 여름으로 넘어가는 길목에서 모든 잎들이 생생하게 살아서 빛을 내고 있었습니다. 나는 희멀개진 얼굴로 눈빛이 멍해져서는 울었다가 입을 꽉 다물었다가 또 울기를 반복했어요.

생계를 책임져 주시던 아버지가 가시고 나니 남은 가족들은 몸도 마음도 힘들었습니다. 정신을 차려야 했습니다. 그리고 살아야 했습니다. 더 이상 방황할 시간도 허락되지 않았습니다. 잡히지 않는 마음을 진정시키기 위해 무작정 걷기를 시작했습니다. 어디든 걷고 또 걷고 걸을 수 없을 때까지 걷다가 집에 들어와서 잠들곤 했는데, 그때는 걷는다는 것이 어떤 의미를 가지고 있는지 알지 못했어요. 그것은 아마도 내 안의 작은 의지들을 불태워준 씨앗이었을 겁니다. 힘겹지만 일어섰습니다. 다시 아르바이트를 시작했고 학업을 병행했어요. 그리고 걷는 것을 멈추지 않았습니다. 현실을 부정하고 갇혀서

지내면 더 많은 것을 잃을 수도 있다는 사실을 알았습니다.

살다 보면 아무도 예측하기 어렵고 누구도 어쩔 수 없는 일이 있습니다. 불편하지만 언젠가는 다가올 것들에 대해서 생각을 하면 역으로 내가 무엇을 하면 좋을지 생각을 해야 합니다. 불시의 고난을 견뎌내 줄 탄탄한 몸과 마음을 준비해 두어야 합니다. 단단한 몸과 마음은 하루 아침에 만들어지지 않고 숨을 쉬듯 조금씩 공기를 마시면서 쌓여갑니다. 건강한 몸도 방치하면 한 순간에 잃을 수가 있습니다.

지금의 현실이 너무 힘든 당신에게 시간은 그저 견뎌야만 하는 고통으로 느껴지기도 하겠지요. 믿고 싶지 않은 일들이 일어나곤 해서 현실에서 도피하고픈 날들이 생기기도 하고, 누구의 탓이냐고 질타하고 억울함을 호소하고 싶지만 그저 일어난 일들도 있다는 것을 살아가며 알게 됩니다.

사는 것이 별것이 없게 느껴지고 삶의 의미를 찾을 수가 없는 시간이 있습니다. 지난 날의 구불구불한 길을 지나온 나와 단지 뿌연 안개처럼 보이지 않는 내 미래에 불안감을 갖고 살며 지금의 나를 놓치는 일이 없기를 바랍니다. 그 순간에 최선을 다한다면, 언젠가는 내 곁에서 끈질기게 붙어있는 고난들도 사라지기 마련이고 나에게는 좀 더 단단해진 미래가 생길 겁니다.

완벽하지 않아도 괜찮아

이 놈의 몸뚱이는 어디에 부품이 잘못 들어간 것일까? 강사님이 시범을 보이는 대로 열심히 따라해 보지만 영 이상합니다.

'분명히 똑같이 따라 한 것 같은데 왜 이리 안 될까?'

좋아하고 잘하고 싶다는 마음은 운동도 마찬가지인데, 하루하루 열심히 하는 데도 왜 이리 늘지가 않는지 속이 상합니다. 어쨌든 유아기부터 수영을 하며 인어와 같은 수영 생활을 상상하지만 현실은 녹록하지 않아요. 잘하는 사람 앞에서는 괜히 부러움의 감탄사를 뿜어대고요.

"우아, 나도 잘하고 싶다."

잘하려고 열심히 했는 데도 잘 안 되니까 이 놈의 성질 머리로는 당장 집어 치우고 싶은 마음이 수시로 일어나곤 합니다. 몇 번이

277

나 마음을 먹고 스타트를 시도해도 자꾸 수경이 벗겨지고 괴롭습니다. 괴롭다니, 이게 뭐라고요.

실수하고 잘하지 못하면 미움을 받는다고 생각하며 살아온 시간이 있었습니다. 작은 실수에도 과하게 자책을 하며 오랜 시간동안 앞으로 나아가려는 스스로의 발목을 잡아 끌며, 내게 주어진 그 찬란한 시간들과 일상들을 조금씩 망쳐갔어요. 자주 스스로를 어두컴컴한 동굴 속으로 밀어 넣고서는 힘들어 했습니다. 일상은 무너져갔고 그로 인해 나는 자주 불행했고 자주 우울했어요. 내 자신을 소중히 여기지 않고 그저 나를 구석으로 몰기만 했어요.

사람은 실패하기도 하고 성공하기도 합니다. 노력을 한다고 해서 성공이 보장된 것도 아닙니다. 하지만 노력을 한 흔적은 남고 그 노고를 나는 알고 있습니다. 실수를 한다고 해서 누구도 나를 미워하거나 밀어내지 않는다는 것도 말입니다. 완벽하게 잘 해내면 좋겠지만, 이불을 덮어쓰고 자책하며 우는 날도 있을 것이고 입이 귀에 걸리도록 크게 웃음 짓는 날들도 오겠죠. 단지 노력하고 최선을 다하면 된 겁니다. 보상은 어떻게든 주어지게 되어 있어요. 완벽하게 잘 해내는 날들이 이어진다고 너무 들뜨지도 말고, 완벽하게 실패하는 나날들의 연속이라고 해서 너무 주저앉지 않았으면 합니다. 나를 어두운 동굴로 밀어 넣지 말고 토닥이며 다음을 준비하는 것이 현명합니다.

서방님 서방님 하면서 영롱한 목소리로 노래를 불렀던 여고생 가수가 국제 변호사가 되었다며 방송에 출연했습니다. 처음 법대에 들어가서는 꼴찌를 했다고 합니다. 사회자는 어려운 과정 속에서 무사히 졸업을 하고 변호사가 되기까지 힘든 과정을 견딜 수 있도록 도와준 것이 있느냐고 물었습니다.

"For get about it."

그녀의 아버지는 그녀가 힘들어 할 때마다 그냥 잊어버리라고 말해 주었다고 합니다. 그녀의 아버지가 말한 대로 실수는 되도록 빨리 잊고 다시 새로운 한 발을 위해 힘을 다해야 해요. 패배감에 젖어있는 나를 수렁에서 꺼내 줄 사람은 오직 나뿐이에요. 지나온 시간을 되돌아 갈 수 없는데 목을 돌려 뒤를 돌아보는 것은 어리석은 일입니다. 목만 아파요. 아니 마음도 상해 갑니다.

그저 지금 내가 할 수 있는 것을 하면서 다음을 준비합시다. 시간이 지나면 웃으면서 이야기하는 날이 반드시 옵니다.

"그게 대체 뭐라고……."

건강하게 지구를 떠나자

우리는 모두 나날이 늙어가며 언젠가 죽음을 맞이합니다. 불편하지만 진실이에요. 내가 사랑하는 사람과 반려동물들 또한 마찬가지입니다. 그들이 내 곁에서 사라지고 다시는 볼 수 없고 만질 수 없다는 상상만으로도 눈앞이 캄캄해져 옵니다.

노화와 죽음은 저 멀리 있는 추상적인 형태의 것이 아니라 언젠가는 나에게 다가올 지극히 현실적인 문제입니다. 언제 그것이 내 앞에 있을지 모를 일입니다.

별다른 큰 문제없이 나이가 들어간다고 생각해 봅시다. 나이가 들면 피부는 예전 같지 않아 늘어지고, 조금씩 눈이 나빠지고, 관절들도 예전 같지 않아지고, 기억도 가물가물해집니다. 몸은 예전처럼 생생하지 않아 움직이는 것조차 힘들어지고, 병에 대한 회복력도 더

디고 모든 것은 노화되어 갈 겁니다. 30대, 40대, 50대를 지나면서 점점 체력은 떨어집니다. 노년의 운동하는 삶은 건강한 죽음을 맞이하기 위함도 있어요. 나이가 들어갈수록 건강과 체력의 차이가 가져다 주는 삶의 질의 차이는 확연히 드러납니다.

하루 휴가를 내고는 백수처럼 대낮에 수영장을 찾았습니다. 수영장에서 집으로 돌아가려는데 수영장 셔틀버스가 있더라고요. 집까지 공짜로 태워준다기에 냉큼 올라탔습니다. 그렇게 오랫동안 수영장을 다녔지만 처음 있는 일이었고 또 언제 타보겠냐며 신나게 올라타서는 창가 쪽에 앉았어요.

연세가 지긋하신 할머님 한 분이 옆자리에 타시고는 "수영장 다녀오는 길인가 봐" 하고 말을 건네옵니다. 염소 냄새가 덜 빠진 탓인지 흠뻑 젖은 머리카락을 보시고 말씀하신 것인지는 잘 모르겠습니다. "네" 하고 대답을 하고는 할머니를 바라보았지요.

"나는 이번 달에 처음 수영을 등록했어요. 발차기가 너무 어렵네." 하고 이야기를 이어가십니다.

"나이 들어 처음 해 보는 수영이라서 잔뜩 겁을 먹었는데, 왜 진작에 배우지 않았나 할 정도로 너무 재미가 있어요." 하고 활짝 핀 꽃처럼 웃으셨어요. 나는 의례히 나이가 들어서 힘이 든다거나 불평이 섞인 얘기를 들을 줄 알았다가 유쾌하게 한 방 맞은 느낌이 들었어요.

"네. 너무 재미있죠? 시작할 때는 조금 힘든데요. 나중에 영법을 다 배우고 나면 더 신나게 수영하실 거예요. 응원합니다."

나도 그만 신이 나서는 주절주절 떠들고 맙니다.

늙지 않은 생각은 마치 영원한 젊음을 간직한 듯 근사합니다. 나이에 개의치 않고 새로운 것에 도전하는 할머니가 몹시 귀엽게 느껴졌습니다. 나도 그날의 할머니처럼 귀엽게 늙고 싶습니다. 그리고 최대한 건강한 채로 죽음을 맞이하고 싶고요. 체력을 단단히 하는 것이야말로 진정 내가 건강하게 지구를 떠날 수 있는 방법이라고 생각해요. 단단한 몸은 나에게 보다 맑은 정신을 유지시켜줄 테고요.

'이 나이에 운동을 한다고 뭐가 어찌 되겠어?'

매 해가 되면 꼬박꼬박 무료로 자동 업그레이드되는 나이를 어찌하고 말고는 내 소관이 아닙니다. 하지만 운동을 하지 않고 나이를 무료 갱신해 가다 보면 어느새 늘어난 뱃살과 어깨에는 오십견을 달고서 40, 50대를 맞이할 수도 있을 겁니다. 그 정도면 애교예요. 질병이라도 얻고 나면 몸과 마음이 그저 하루하루를 버텨내기에 급급할지도 모릅니다.

우리는 사는 내내 많은 것을 이루고자 살아가며 일상이 고단해지는 것을 감내하는 날들이 많습니다. 하지만 죽음은 그 모든 것들을 하루 아침에 앗아갑니다

물론 내 소관이 아닌 것들이 있습니다. 불의의 사고나 병을 제

귀엽게 살자

외하고라면 체력을 기르고 몸을 건강하게 유지하는 것이 나를 지킬
수 있는 가장 큰 방법입니다.

　가끔 나이에 비해 넘치는 활기와 체력을 가진 사람들을 봅니다.
대개 꾸준히 체력 단련을 한 사람들입니다. 피부도 몸매도 그 나이
로 보이지 않지만 가장 멋진 점은 활력이 넘친다는 겁니다. 넘치는
활력과 에너지는 보다 나를 적극적으로 만들어 주고 같은 일상에도
즐거움을 선사합니다. 신체 나이는 생물학적인 나이와 다릅니다. 우
리는 의지로 신체 나이를 충분히 낮춰 두고 인생을 좀 더 건강하게
살아갈 수 있습니다. 인생을 풍요롭게 만들고 싶다면 일단 몸부터
건강해야 합니다.

　어떻게 늙어가고 어떤 죽음을 맞이하고 싶은지에 대해 생각해
본다면 어떤 삶을 살아야 하는지에 대한 답이 나오게 됩니다.

나만의 방향과 속도를 찾아

    우리는 인생 내내 전력 질주하려고 합니다. 좋은 대학, 좋은 직업을 가지기까지 달리다가 결혼, 승진을 향해 계속 달립니다. 생각만 해도 숨이 턱 막혀요. 휴식과 느린 삶에 대한 로망이 생기는 것이 당연합니다. 주변을 돌아 보면 너도 나도 지쳐 있어요. 우리 이대리, 김과장, 안차장 모두가 얼굴에 검은 빛이 줄줄 흘러 내립니다. 살아가는 것에 지치는 것은 나뿐이 아니구나 하는 생각을 합니다. 동시에 지쳐있는 것이 당연시 됩니다. 조금 힘이 넘치는 날에 오버해서 떠들기라도 하면 어디 좋은 약이라도 먹었냐는 말을 듣고요. 그러다 보니 너나 할 것 없이 '느리게 살자', '대충 살자'가 트렌드가 되어버립니다. 대충은 말고 지치지 않도록 균형을 잡고 나아갔으면 좋겠습니다. 정말 리얼리 '대충 살다'가는 폭삭 망할지도 모를 일입니다. 어짼든 우리는 경쟁 시대에 살고 있으니까요.

너무 열심히 사는 것도, 대충 사는 것도 아니라면 어떻게 살아가야 하는 것이 정답일까요? 정답은 없습니다. 인생을 색깔로 표현해 보자면 흰색도 검정색도 아닌 회색에 가까운 것들이 많습니다. 살아가면서 선택의 기로에서 정해지는 방향을 따라 흘러가는 것이 인생인데, 답이 정해져 있는 곳으로 가는 것이 아니라 답을 찾아가는 것에 가까워요. 선택의 기로에서 우리는 현명한 판단을 하려고 노력하면 됩니다.

인생은 단거리 마라톤처럼 짧지도 않은데 우리는 그렇게 금방 뛰어가려고 합니다. 그 긴 시간을 내내 뛰기만 한다면 얼마나 숨이 찰까요? 가야 하는 곳은 저기 멀리 있어요. 아득해요. 보이지도 않는 끝없는 길을 내내 뛰어만 가다가는 탈진을 할겁니다.

그러니 지칠 때까지 달리지 말고 매사에 템포를 맞추며 적절히 쉬어가면 좋겠습니다. 전력 질주만 하다 보면 방향도 인지하지 못한 채로 내내 지친 상태로 삶에 끌려가기도 하게 되니까요.

일단 오늘을 충실히 살아갑니다. 더 무리할 것도 없습니다. 저 멀리 보이는 목적지가 까마득해서 지친다면 바로 이 순간에 최선을 다하면 됩니다. 그거면 족합니다.

수학처럼 계산을 해서 딱 떨어지는 답이 나오지 않는 것이 인생이기에 우리는 이런 저런 경험과 실패와 성공의 경험으로 다듬어져 갑니다. 전력을 다한다 해도 넘어지기도 합니다. 넘어지면 넘어지는 대로 경험치가 생깁니다. 또 그렇게 팁을 얻게 됩니다.

모두 길을 찾아 잘 살아가고 있는 것 같은데 나만 헤매는 것 같고 나만 힘든 것 같은 날들이 있습니다. 남들이 빨리 달리는 듯 보이면 덩달아 빨리 뛰거나, 남들이 좀 쉬자고 하면 눈치를 보며 나도 쉬어야 하나 싶습니다.

뛰고 쉬는 타이밍은 내가 찾아야 합니다. 빠르냐 느리냐의 기준도 사람마다 틀립니다. 나는 걷는 것보다 조금 빠르게 경보처럼 걷는 것이 편합니다. 느리게 걷다 보면 힘이 더욱 빠지는 것 같아서 두 배는 힘들게 느껴져요. 사람마다 적당한 속도란 다 다르잖아요. 매일이 촘촘하고 치열하고 빡빡하더라도 그것이 자신의 속도에 맞는 이들이 있습니다. 세월아 네월아 하는 것 같이 느려 보이더라도 그것이 자신에게 맞는 속도일 수 있어요. 내 속도로 살아가면 됩니다.

나는 아직도 속도를 잘 조절하지 못해서 급하게 치고 나가려 합니다. 하지만 이런 나를 알고 있는 것만으로도 도움이 됩니다. 이렇게 생겨 먹은 것을 하루 아침에 고칠 수도 없고 매번 인지하면서 완

급 조절을 합니다. 빠르게 움직이고 달리는 성격은 성과를 빠르게 내기도 하고 추진력이 좋기도 하니 장점을 적절히 이용하기도 하고요. 너무 급하게 움직일 때만 스스로에게 워워 하고 제동을 걸어 주면 됩니다.

내가 나의 속도를 찾고, 내가 뛸 때와 쉴 때를 스스로 구분하는 겁니다. 내가 나를 알아가고, 스스로 내 삶의 기준과 방향을 하나씩 선택해 가며, 나에게 맞는 속도로 나만의 삶을 만들어 가면 좋겠습니다.

칭칭거리지
말아줄래

피곤한건
따! 질병이라가

Foreign Copyright:

Joonwon Lee Address: 10, Simhaksan-ro, Seopae-dong, Paju-si, Kyunggi-do, Korea
Telephone: 82-2-3142-4151

E-mail: jwlee@cyber.co.kr

나만 두려운 건 아니겠지?

2019년 8월 10일 1판 1쇄 인쇄
2019년 8월 15일 1판 1쇄 발행

지은이 | 정주윤
펴낸이 | 최한숙
펴낸곳 | BM 성안북스
주소 | 04032 서울시 마포구 양화로 127 첨단빌딩 3층(출판기획 R&D 센터)
10881 경기도 파주시 문발로 112 출판문화정보산업단지(제작 및 물류)
전화 | 02) 3142-0036
031) 950-6386
팩스 | 031) 950-6388
등록 | 1978. 9. 18. 제406-1978-000001호
출판사 홈페이지 | **www.cyber.co.kr**
이메일 문의 | heeheeda@naver.com
ISBN | 978-89-7067-356-1 (03800)
정가 | **15,000원**

이 책을 만든 사람들
본부장 | 전희경
교정 | 북코디
편집 · 표지 | 앤미디어
홍보 | 김계향
마케팅 | 구본철, 차정욱, 나진호, 이동후, 강호묵
제작 | 김유석

이 책의 어느 부분도 저작권자나 발행인의 승인 문서 없이 일부 또는 전부를 사진 복사나 디스크 복사 및 기타 정보 재생 시스템을 비롯하여 현재 알려지거나 향후 발명될 어떤 전기적, 기계적 또는 다른 수단을 통해 복사, 재생하거나 이용할 수 없음.

■ **도서 A/S 안내**

성안북스에서 발행하는 모든 도서는 저자와 출판사, 그리고 독자가 함께 만들어 나갑니다.
좋은 책을 펴내기 위해 많은 노력을 기울이고 있습니다. 혹시라도 내용상의 오류나 오탈자 등이
발견되면 **"좋은 책은 나라의 보배"**로서 우리 모두가 함께 만들어 간다는 마음으로 연락주시기
바랍니다. 수정 보완하여 더 나은 책이 되도록 최선을 다하겠습니다.
성안북스는 늘 독자 여러분들의 소중한 의견을 기다리고 있습니다. 좋은 의견을 보내주시는 분께는
성안당 쇼핑몰의 포인트(3,000포인트)를 적립해 드립니다.
잘못 만들어진 책이나 부록 등이 파손된 경우에는 교환해 드립니다.